Über die Jahre
Anthologie

pyjamaguerilleros*

Über die Jahre

Jahre

**47 Tiroler AutorInnen
erinnern sich in
Geschichten und Gedichten**

Anthologie

*pyjamaguerilleros**

Bibliographische Informationen der Deutschen Bibliothek:
Die Deutsche Bibliothek verzeichnet diese Publikation in der
Deutschen Nationalbibliographie; detaillierte bibliographische
Daten sind im Internet unter http://dnb.ddb.de abrufbar.

Über die Jahre.
47 Tiroler AutorInnen erinnern sich in Geschichten und Gedichten.

© Zusammenstellung: pyjamaguerilleros*

Edition:
pyjamaguerilleros*
Mitterweg 115/25
A-6020 Innsbruck

Organisatorische Abwicklung: Tina Muigg & Cri
Korrektorat: Mag.ª Judith Gorbach
Cover /Gestaltung / Satz / Fotos: Kulturrebellen Productions
Illustrationen im Buchblock: Christian „Yeti" Beirer
Kooperationspartner: IG Autorinnen Autoren Tirol
Herstellung: Books on Demand GmbH, Norderstedt
Erscheinungsort und -jahr: Innsbruck 2018

Nr. 23 des Kleinverlages
pyjamaguerilleros*

ISBN 978-3-9504143-3-2

*Ein Projekt von Cognac & Biskotten - Dem Literaturclub mit dem
Wow-Aha-Effekt – www.cobi.at – der unterstützt und gefördert wird von:

Paul Fülöp

Es ist noch gar nicht so lange her

Es ist noch gar nicht so lange her,
dass ich in die 1. Klasse Volksschule ging.

Da war der Weg zur Schule oft interessanter als
die Schule selbst.
Im Wassergraben neben der Straße sah ich Frösche, kleine und große;
die kleinen hüpften oft weiter als die großen, sie
waren auch niedlicher,
nicht so ernstglotzig wie die großen.

Ich spielte mit ihnen, nahm sie in die Hand und
ließ sie wieder los.
Sie hüpften aus meiner Hand ins leuchtend grüne
Gras, dann wieder zurück ins Wasser oder
in die schlammige Erde am Rand des schmalen
Bächleins.
Manchmal zog ich ihnen Wege durch den
Schlamm, wo alsdann das Wasser seicht durch-
rann.
Die Frösche aber, braunnass glänzend im Strahl
der aufgehenden Morgensonne, sprangen nicht in
den Kanal, sondern lustig darüber hinweg.
Der Kanal war ja nicht groß, etwa zwei Finger
breit, von einem Kind mit sechs Jahren.

Meine Hände waren so schwarz wie die schlammige Erde, auch meine Füße; denn bei sommerli-
chem Wetter ging ich immer barfuß zur Schule.
Ach! Ohjäh! …die Schule hätte ich fast vergessen!
Ich pritschelte Hände und Füße etwas ab, nahm
die kleine Schultasche, aus der der Schwamm und

Fetzen für die Griffel-Tafel hastig baumelten, und rannte über den schottrigen Feldweg den Hang hinauf vorbei am hölzernen Kruzifix mit dem blechsilbernen Jesus, um einige alte abgebröckelte Häuserecken herum direkt im Zentrum des Dorfes zur machtvoll dastehenden, auf mich wartenden Schule… ein erhabenes Gebäude, weiß-gelblich, rau verputzte Fassade, eine breite Stiege aus Stein, abgetreten, beschädigt durch Risse, als ob man ein Spinnennetz darüber geworfen hätte.

Das alles sah ich in diesem Augenblick nicht, war mir auch egal.
Ich musste hinauf in die Klasse im 1. Stock, darunter war die Wohnung des Lehrers.
Wenn wir Schuhe anhatten, mussten wir diese im Gang vor der Klasse ausziehen und entlang der grauschattigen Wand schön der Reihe nach aufstellen, so wollte es der Lehrer.

Aber heute hatte ich keine Schuhe, es war ja schönes Wetter.
Nur die Füße waren ein wenig erdig, na ja von den Fröschen,
und auch die Hände, vor allem die Ränder unter den Fingernägeln.

Ich wusste, dass der Lehrer Sauberkeit liebte, geradezu darauf versessen war.
Deshalb versteckte ich meine Hände hinter dem Rücken, als ich leise die Türe öffnete und das Klassenzimmer betrat.
Die Kinder saßen alle schon hinter ihren Bänken und schauten mich grinsend, schelmisch, manche sogar angstvoll besorgt an, was denn wohl passie-

ren würde; denn der Unterricht hatte lange schon begonnen.

Der Lehrer, ein stattlicher Mann, stand vor dem Pult mit dem Gesicht zur Klasse, in seiner rechten Hand der lange Haselnussstock, mit dem er den rhythmischen Takt zu schlagen pflegte, seitlich auf seinen rechten Oberschenkel, wenn er redete oder eindringlich etwas Wichtiges erklären und uns Kindern beibringen wollte.
Ich liebte diesen Lehrer, denn er erzählte gut und band mir jedes Mal, wenn ich Schuhe anhatte, die Schnürsenkel zum Nachhausegehen. Aber ich fürchtete ihn auch und hatte Angst davor, seine väterliche Gunst zu verlieren.

Wenn ich leise und geduckt nach hinten zu meiner Sitzbank ginge, würde mich der Lehrer vielleicht gar nicht bemerken, dachte ich mir im Stillen.
Aber der Lehrer bemerkte mich sehr wohl:
„Komm her zu mir!", rief er in herrischem Ton.
Nichts Gutes ahnend schlich ich mich gebückt zu ihm.
„Schau mich an! Warum kommst du so spät? Wo warst du?"
Ich hob meine Augen zu ihm und sagte:
„Ich war bei den Fröschen im Straßengraben, hab mit ihnen gespielt, die sind so lieb herumge-hüpft...", der Lehrer unterbrach mich:
„Ach so was, bei den Fröschen! Deine Füße sind ja ganz dreckig! ...zeig mir doch deine Hände!"
Schüchtern zögernd zog ich meine Hände nach vorne und streckte sie dem Lehrer entgegen, mit der Handfläche nach oben.
„Umdrehen! Ich will deine Fingernägel sehen!"

Langsam drehte ich meine kleinen Hände und sah mit zittrigen Gefühlen, wie sich der Haselnussstock in den Händen des Lehrers bog, nach oben schnellte und mit einem kräftigen Schlag auf meine Fingernägelspitzen sauste. Ich wagte nicht die Hände wegzuziehen.

Ich verbiss den Schmerz, schluckte die Tränen der Enttäuschung und blockte den Kopf wieder nach unten zu Boden. Wie gerne wäre ich jetzt bei den Fröschen gewesen!

„Geh auf deinen Platz!", befahl der Lehrer und zeigte mit dem Stock nach hinten.

Der Unterricht verlief wie immer, diesmal aber etwas trauriger.

Ob die Frösche jetzt auch traurig sind, fragte ich mich.

Ich werde sie sicherlich das nächste Mal trösten können, wenn ich wieder mit ihnen spiele und sie nach Herzenslust herumhüpfen lasse.

Bei diesem Gedanken war dann auch mir leichter, und ich sah im Lehrer – er hatte ja irgendwie recht – schön langsam wieder den freundlichen, hilfsbereiten und guten Menschen.

Ja, es ist noch gar nicht so lange her…

Chris Steeg

Second hand oder: Was bleibt

Seine linke Hand schiebt sich vor jede Erinnerung an ihn.

Ich sehe seine Hand. Hölzern. Neben ihm, mit ihm, vor ihm.

Allein, wie er seine Hand benützte, wirkte stets wie eine Warnung. Keine Ahnung wovor, einfach nur Warnung. Die Hand erschien bedrohlich, wiewohl sie natürlich nicht bedrohlich gewesen war, nicht bedrohlich sein konnte. Sie war funktions- und kraftlos. Wenn er ging, ließ er sie, wenn er nicht darauf achtete, und das war meistens der Fall, wie ein Pendel neben dem hageren Körper hin und her schlenkern. Die Hand war steif, starr, sie starrte mich an. Vielleicht wirkte sie, begleitet von seinem stets mürrischen Blick, bedrohlich. Seine Frau Fini verglich sie eines Tages, als die Liebe dahingeschmolzen war, mit einem Teppichklopfer. Fini sagte nicht Teppichklopfer, sie verwendete Wiener Volksmund: „Bragger". Obwohl, wenn er hinschlug, was in jener Nachkriegszeit nichts Außergewöhnliches oder Verbotenes gewesen wäre, benützte er dafür seine andere, die rechte Hand. Traf das linke Ohr, das sich eines Tages taub stellte.

Diese Hand hätte ich gerne befühlt. Sie war unberührbar. Verstohlen beobachtete ich sie, ob er sprach, ging, saß, ob's arschkalt war, ich müde, Sonne lange Schatten warf oder er traumsicher die Finger in die Tasten der mechanischen Kofferschreibmaschine steppte. Ich kannte nie eine andere linke

Hand des Vaters. Die Hand wurde nie therapiert. Wozu auch? Keine Ahnung warum nicht. Weder verbesserten noch verschlechterten sich die Funktionen. Sie war so typisch für ihn, so normal für alle. Nachkriegsväter konnten so aussehen.

Reinholds Vater beispielsweise, die Familie wohnte vis-à-vis in der Eckwohnung, wogte täglich mit seiner Beinprothese von seiner Arbeit als Busschaffner nach Hause. Vielleicht saß die Prothese nur nicht gut. Die Nachfrage an Beinprothesen zu jener Zeit überstieg womöglich die Leistungskapazität der wenigen Orthopädiemechaniker. Darunter hatten die Präzision und damit die Benützer gelitten. Immerhin konnte Reinholds Vater bei seiner Arbeit gut sitzen. Er saß in einer Art Verschlag am rückwärtigen Bus- oder Straßenbahnzustieg, verkaufte Fahrkarten, lochte die Fahrten. Sein Bein blieb geschont. Er war als Invalider beschäftigt. Die Familie hatte ein bescheidenes Einkommen. Befreundete Kinder, Kinder aus dem Hof, hatten Väter ohne Augäpfel, die Augenhöhle zugenäht, die Entstellung mit einer schwarzen Schleife verdeckt, mit Armstümpfen, dabei den leeren Sakkoärmel in die Tasche geschoben, oder mit Beinprothese und Achselkrücken, hinkend, das leere Hosenbein zur Hälfte umgeschlagen und in den Hosenbund geklemmt. So liefen sie herum zu Weihnachten, zu Ostern, bis sie nicht mehr liefen. In der Egger-Lienz-Straße wohnte in einer Dachgeschoßwohnung Vaters Kamerad, Albert.

Vom Kinn weg aufwärts, schräg über das Gesicht bis über die Stirn zog sich eine Narbe. Wenn er sprach, klang er in der Erinnerung ein wenig debil. Man musste sich anstrengen, um ihn zu verstehen, kannte man ihn nicht. Natürlich war er nicht debil.

Im Gegenteil! Er musste ein Schlitzohr gewesen sein. Als er nicht mehr lief, wurde er begraben, dabei stellte sich heraus, dass er Parteimitglied mehrerer Parteien, Betriebsrat, Kameradschaftsbundfunktionär und bei weiteren Organisationen eingeschrieben gewesen war.

Kriegsteilnehmer, Kriegsversehrte, verstümmelte Männer, seelisch verwüstet, auf der Straße, im Bus, bei der Arbeit oder bettelnd, als ob nichts wäre, alltäglich, Normalität der Fünfzigerjahre!

In die Mitte von Vaters linker Handfläche zog sich an der Innen- und Außenseite eine feinrunzlige, hauchdünne, perlmuttschimmernde Hautschicht über eine kleine Vertiefung, einem Schüsselchen gleich. Eine seiner Kriegsverletzungen. Ein glatter Handdurchschuss. Kleiner Finger und Ringfinger ringelten sich spastisch in die Handinnenfläche, so, als suchten sie Schutz. Später nahm er es mit der Maniküre nicht mehr so genau, er ließ den Nagel des kleinen Fingers einfach stehen. Die Kralle ringelte sich zur Schnecke. Die Krönung der Schöpfung als Schwein, Schwein, Schwein! Eine Altersprivathaltung, die niemandem das Herz bricht.

Kennt man die Person des Vaters nicht, erscheint das natürlich respektlos. Tatsächlich ist diese Wortwahl aus dem Repertoire des Vaters gegriffen, und die Kralle gehörte zur Performance seines Alterns. Der Mittelfinger stand bewegungslos im Weg. Zeigefinger und Daumen konnten, wenn sie benötigt wurden, virtuos eingesetzt werden. Mit den Jahren färbten sich alle Fingerspitzen vom starken Rauchen gelb. Vater rauchte Pfeife und selbst gedrehte Zigaretten. Damit hatte er kein Problem.

Wenn es um das Zigarettenrauchen ging, fuhr er die Hand, einem Scheibenwischer gleich, hoch, stoppte kurz, zog an der Zigarette. Glut glomm am Zigarettenende auf. Tischtennisbälle hätten in den hohlen Wangengruben in diesem Augenblick Halt gefunden. Seine hervorstehenden Backenknochen bestimmten neben seinem leicht schielenden Auge, für Familienfremde eine Irritation, erste Eindrücke. Er hielt die Hand für einen Augenblick inne, bevor er den Arm zurückfuhr, um erneut mit dem eingeklemmten Glimmstängel zwischen dem halbsteifen Mittel- und dem normalen Zeigefinger, hoch zu schwingen. Es hatte etwas Zerbrechliches an sich.

Weiß der Himmel warum, aber er stellte diese Hand aus. Der Vorgang erinnert an Kasperl aus dem Puppentheater, der den Kopf nicht wenden kann, einen Prügel krampfhaft festhält und dennoch die Kontrolle über die Bühne und das schlimme Krokodil niemals verliert. Natürlich ist es nicht falsch, wenn der kleine Erinnerungssplitter in der Tiefe des eigenen Inneren ein Gefühl der Beklommenheit, dem eigenen Vater gegenüber nach mehreren Jahrzehnten mitschwingen lässt. Diese tiefen Gefühle kennen keine Zeit. Es sind Gefühle, die mitbestimmen, wer wir sind. Es ist nicht der Anblick eines lässig paffenden Rauchers, der das Herz stocken lässt. Es ist ein stocksteifes Hochwischen eines Armes, ein Innehalten einer gestreckten Handfläche wie ein Buch vor einem Gesicht, eine hohlwangige Geste, das leichte, unsichere Schielen eines Augenpaares, das trifft, das weit in der Vergangenheit ausgebreitet lag.

Die Finger Vaters rechter Hand waren außerordentlich beweglich, schlank, schön geformt und lang. Sie hätten genauso gut als die eines Pianisten oder Chirurgen durchgehen können, nicht nur die eines Übersetzers und Versicherungsagenten. Seine dünnen, stark behaarten Beine waren übersät mit Brand- und Splitternarben. Flugzeugabschuss. Ausbruchversuch aus dem Kessel von Tscherkassy / Korsun Feber 1944 mit der 5. SS-Freiwilligen-Sturmbrigade Wallonie.

Als er noch jung und die Kinder klein waren, unternahm er zusammen mit Fini Wanderausflüge in die umliegenden Berge. Im Sommer trug er kurze Hosen, das war keineswegs unschicklich. Dabei offenbarten sich seine weiteren Verwundungen, die ich immer wieder bestaunte, mit denen er jedoch erst etwas später Probleme bekam. Genau genommen, als sich herausstellte, er wäre nicht ganz schwindelfrei. Fini musste Vater eines Tages an die Hand nehmen, um ihn einen schmalen Steig entlang über Felsschrofen zu führen. Irrwitzig! Gottfürchtemich an Finis Hand. Die Situation zeigte sich ausgesetzt über einem Graben. Der Held ging für die Familie verloren. Um sich als gebürtiger Flachländer nicht gänzlich zu blamieren, stellte Vater Hochgebirgswanderungen ein, das heißt, alles, was über Wald- und Wiesenwege hinausging. Die kurzen Hosen blieben ab da im Schrank, die Präsenz seiner vernarbten Beine rückte aus dem Blickfeld. Seine angesengten Ohren begründeten keine Invalidität.

Die bescheidenen Verhältnisse der Nachkriegszeit des Zweiten Weltkriegs teilte die Familie mit vielen Menschen der Stadt. Als drei-, vier-, fünfjähriger Knirps war es mir nie bewusst gewesen. Hunger hatte ich nie. Zu kalt oft.

Eine Tasse Kakao zum Frühstück war eine tägliche Köstlichkeit. Darüber sollte nicht viel herum geredet werden. Kinder der nächsten Nachbarschaft, Kinder aus dem Kindergarten und Kinder, die in Barackensiedlungen in der Nachbarschaft wohnten, könnten es als unermesslichen Luxus empfunden haben. Selbstverständlich trugen wir Kinder das Geheimnis unter Auflage der Verschwiegenheitspflicht weiter.

„Ich trinke Kakao zum Frühstück. Schmeckt ganz hmmm. Sag's nicht weiter, es darf niemand wissen", flüsterte ich Dorli aus dem Hof zu.

„Wir auch. Wir trinken daheim auch Kakao zum Frühstück. Sogar zu Mittag und am Abend sowieso. Ich darf das auch niemandem erzählen. Dir sag ich es, wenn du es nicht weitererzählst"

Sigrid, Ursi, Margit, sie alle bekamen Malzkaffee. Das Geschmackserlebnis war sekundär. Malzkaffee war dem Grunde nach wääh. Das Begehrenswerte am „Linde"-Malzkaffee im Packerl mit den hellblauen Punkten waren beigepackte Spielfiguren. Daran waren Malzkaffeetrinker erkennbar. Bei den Tauschaktionen konnte ich nicht mithalten. Ich hatte bunte Holzklötze, die alles in sich vereinten. Fahrzeuge, gute Feen, Diebe und Räuber, Baumaterial für Häuser, Abgrenzungen, Flugobjekte. Diese wurden in der Spielecke stark strapaziert, waren allerdings am Spielzeugtauschmarkt nicht gefragt. Daher wollten ich und meine Schwester Malzkaffee, nicht des Malzkaffees wegen. Mutter kaufte. Leider kaufte sie aus undurchschaubaren Gründen nicht die Marke „Linde" mit den blauen Punkten und den verlockenden Figuren, sie kaufte „Kathreiners"-

Malzkaffee ohne Spielfiguren. Somit ging die Einkaufsentscheidung der Mutter mit „Kathreiners" voll daneben.

Das Kakaopulver kam mit Karamellbonbons und Vaters Kaffeebohnen in regelmäßigen Abständen als Care-Paket von Großmutter aus Brüssel. Kaffee, knapp nach dem Krieg und wie Vater stets extra betonte, selbstverständlich auch Kakao, war exklusiv gewesen und fast nicht oder um einen Horrorpreis erhältlich. Die Pakete waren stets in wüstensandfarbenes, raues Papier gewickelt. Nie kamen sie in einer anderen Farbe an. Immer gleich groß, gleich schwer, waren sie mit zweifärbig gedrehtem Spagat mehrfach verknotet dazu mit vielen bunten Briefmarken beklebt gewesen.

Das Öffnen des Paketes war eine Zeremonie. Es hatte etwas Intimes, etwas Heiliges. Wir Kinder knieten ehrfürchtig, mit weit geöffneten Augen auf den Stühlen um den Küchentisch. Immer hatte ich mir etwas Überraschendes darin vorgestellt. Etwas für mich persönlich Beigefügtes. Ein Bilderbuch, eine Farbschachtel, einen Zeichenblock, einen Radiergummi – das Auspacken übernahm ausschließlich Papá. Immerhin waren die Pakete an ihn, Freddy Hartman, adressiert. Immerhin war es seine Mutter, die einzige Großmutter, von der der Briefträger monatlich ein Paket zustellte. Immerhin hatte ich damals nicht Hartman geheißen. Alle paar Jahre wechselte mein Familienname. Immerhin war das bemerkenswert. Und immerhin wurden Wunschvorstellungen auch nicht erfüllt.

Vaters Hand nahm durch die Art, wie er sie beim Öffnen der Pakete einsetzte, eine zentrale Bedeutung ein. Er löste sorgfältig Knoten für Knoten, zog die Schnur durch gelöste Schlaufen. Das dauerte. Er wickelte den Spagat akkurat zu einem kleinen Paket, legte es in die Tischlade, in der bereits zahllose kleine Spagatpüppchen lagerten. Niemals griff er zur Schere, um es ratzfatz kurz zu machen. Diese benützte er anschließend. Er schälte das Papier Seite für Seite sorgfältig vom Karton. Die Hand. Seine linke Hand schien beim Durchziehen der Schnur aus den Knoten für ihn unverzichtbar. Als Zuseherin spielte sie für mich die Hauptrolle. Er mühte sich mit seiner linken Hand und die Hand plagte ihn. Manchmal entglitten ihm die Knoten. Er fluchte

„en voilà une belle merde" –

eine schöne Scheiße ist das. Das zittrige „R" kratzte er kurz vor dem Gaumenzäpfchen tief aus der Mundhöhle hervor. Dieses „R" war nichts für mich. Zu hart. Zu fremd. Davon konnte einem schlecht werden, kratzte man zu tief im Rachen. So sprach doch niemand in der Umgebung! Außer? Außer Denise, die Frau eines befreundeten Ehepaares der Eltern. Bei ihr klang das „R" nicht derart hart, eher exklusiv. Vielleicht, weil sie einen zarteren Mund hatte? Wer weiß! Nachgestellt wie gepfaucht, klang es einfach zu blöd. Das sagte er immer. Ich war zu blöd, echt kotzig, für sein gekratztes, französisches „R", für sein Vokalnuscheln, sogar für ein einziges französisches Vokabel.

Der Versuch eines Französischunterrichtes durch Vater blieb nach der ersten Stunde stecken. Wir waren zu dritt. Die Schwester, Denis' Sohn und ich. Vater hatte es schwer mit uns Kindern. Er warf die Nerven fort, als bei la vache – die Kuh – haltloses Gekicher ausbrach. Bei Vache fiel mir schnurstracks das deutsche *Waschen* ein, dazu kam Waschlappen, wie eben Lappi. Eine herrliche Vorstellung in Verbindung mit stinkender Kuh, der weiche Frotteelappen, mit dem verkrustete Kacke von den Lenden einer Kuh herunterpoliert wird, dies auf der grünen Wiese, zu lustig mit muh muh muh. Na gut, dann eben nicht! Mit ein paar Ohrfeigen für die Kinder war der Unterricht beendet.

Dennoch war sein Akzent gepaart mit Koketterie ganz passabel zu imitieren, zu kopieren, die Stimm(ö´ö) an jedem WoRtend:eeé wie einen Fahrstuhl zu heben, wenn mich der Hafer stach, Übermut die Oberhand gewann, eine Freundin bat, à la Papá zu sprechen. Gestelzte Schriftsprache sprach ich ohnedies perfekt. Dialektwörter waren mir weitgehend fremd. Ein „Nein" war ein N E III eN mit allen Buchstaben, kein Innsbrucker „Naaa". Es war zum Zerkugeln bis zum In-die-Hose-Pieseln. Ein wenig doof sein, Vater sagte stets „doof", das war das Geringste, was dabei in Kauf zu nehmen war.

Die Hand. Manchmal entzog sich die Hand seiner Führung, schlug einige Haken. Es wirkte hilflos und er tat mir leid. Er führte seine Hand vor, schonte sich nicht, schonte die Hand nicht, schonte mich nicht. Der Anblick ließ mich kaum atmen, weiß der Himmel warum. Er schonte die voll funktionstüchtige Rechte. Zog sie auf die Hinterbühne. Er ignorierte seine Behinderung, so, als wollte er täglich neu einen verborgenen Schmerz, die Einschränkung, seine stets am Köcheln gehaltene Kriegsgeschichten, seine zertrümmerten Ideale vorführen. Es schien zu seinen Grundsätzen zu gehören, zusehen zu lassen, wie er seine gesunde Hand zurückhielt, als wollte er sie eventuell für eine in ferner Zukunft liegende Tätigkeit schonen, auf ähnliche Weise, wie auf der Hauptbühne das Unvollkommene Platz nahm.

Jedes Mal warteten die ältere Trude und ich gespannt, ob die Sendung aus Brüssel eine Überraschung bereithielt. Immerhin, man könne ja nicht wissen. Manches Mal war ein Sackerl schwarz eingefärbter Lakritze beigepackt. Die mochte ich nicht. Die lutschte Trude für sich alleine. Karamellbonbons wurden exakt ausgezählt. Ich vergrub sie in raffinierten Verstecken. In gewisser Weise waren die Bonbons für mich besonders wertvoll. Ich sparte, um immer wieder fröhlich mit einem Würfelchen anzutanzen, für das „Ich hab, ich hab, was du nicht hast"-Spiel. Trude hatte alles schnell verputzt. Diesen Trumpf spielte ich gerne. Die Schwester war ihrer Meinung nach ja gerecht. Immerhin war sie Erstgeborene. Alleine dieser Status verlieh ihr bestimmte Rechte, wie das halt so ist in den Geschwisterreihenfolgen. Für die Eltern war es nützlich, denn mit den Rechten übertrugen sie auch Verantwortung über mich, wo es nur ging. Ich hatte mich unterzuordnen. Trude stellte auf alle Fälle ihr eigenes Regulativ auf, scheinbar vollkommen legitim, also gerecht. Dieses Recht wurde unter anderem auf meine Bonbons projiziert. Klar! Sie trug mit einer Selbstverständlichkeit die Verantwortung über meine zu wenig raffiniert gewählten Bonbonverstecke. Geplündert fand sich das Bonbonversteck oft auf geheime Weise leer. Protestieren ließ ich besser bleiben. Ich begriff: Trude hatte mich nicht nur unter ihrer Fuchtel, ich wurde hintergangen, sie hielt mich in ihren Klauen ziemlich fest. Ihre körperliche Überlegenheit und ihre substantielle innerfamiliäre Vorzüge bemäntelten mich wie eine zähe Masse, legten sich über ein Kinderleben.

Klaus Rohrmoser

Schein im Schnee

Nicht ich habe dich verloren, Zeit, du hast mich
verloren. Hast mich liegen lassen im frühen
Schnee der frühen 60er Jahre, wo ich als 10-Jähri-
ger am Schulweg eines Morgens, so um 7, halb 8,
einen blauen Schein gefunden habe. Der Turbinenkönig Viktor Kaplan zierte ihn und tausend
Schilling war sein Wert. Viktor der Sieger hat ihn
wohl für mich im Schnee verstreut, denke ich und
fühle mich, traurig, aber wahr, wohl zum ersten
Mal in meinem ach so kurzen Leben ebenfalls als
Sieger. Nur weil dieser Geldschein eines schönen
Morgens meinen Schulweg kreuzt und mich dazu
zwingt, ihn aufzuheben. Es ist am 24.11.1963,
zwei Tage nach John F. Kennedys Ermordung,
das weiß ich noch genau. Der Winter kam sehr
früh und heftig nach Tirol in diesem Jahr. Eintausend Schilling, zu der Zeit für mich, den gerade
und doch kaum schon Gymnasiasten, ein Vermögen! Erinnere mich noch ganz genau (danke
Zeit!), wie ich den Schein entfalte und zwei Tage
nach Kennedys Ermordung, nicht ohne umzu-
schauen, ob ja niemand mich beobachtet, im fah-
len Morgenlicht ihn gegen die Straßenlaterne halte, um mich seiner und seiner Wasserzeichen
Echtheit zu vergewissern. „Kein Zweifel! Ich halte
wirklich tausend Flocken in den Händen!", sagt
mein damals bereits von Sherlock Holmes und
Doktor Watson infiziertes Hirn. Der Gedanke,
den Geldschein eventuell zum Fundamt zu bringen, schwirrt nur kurz durch meinen Knabenkopf.
Die Höhe des Betrags macht mich in moralischer
Hinsicht geschmeidig. Heute jedenfalls sehe ich

das so. Tage-, nächte- und wochenlang schläft der Schein in den Untiefen meiner Schultasche. Um genau zu sein: in einem winzigen Geheimfach meiner Federschachtel. Jeden Tag befürchtet meine Seele, jemand möge die Tür zu meinem Zimmer aufreißen und sagen: „Soweit, so gut! Und jetzt gibst du gefälligst den blauen Geldschein zurück. Aber dalli!" Doch nichts dergleichen. Eine Woche vor Weihnachten, so glaube ich mich zu erinnern, entscheide ich mich, den Turbinenkönig Kaplan in kleine Fetzen zu zerreißen – sprich den Schein zu wechseln. Ich begebe mich in eine Bank und erzähle der Schalterbeamtin, ich müsse im Auftrag meiner Mutter ein Weihnachtsgeschenk besorgen, doch niemand in den Läden könne tausend Schilling wechseln. Die Bankbeamtin ist beeindruckt und zerreißt meinen Turbinenkönig in größere und kleine Banknoten.

Erst jetzt bin ich wirklich Viktor, der Sieger. Sieben Jahre lang verwalte ich mein kleines Vermögen. Ich gebe nur das aus, was unvermeidlich ist. Eine meiner ersten Lieben, die nie erfährt, dass ich sie liebe (Zeit, du Schlampe, warum hast du mir nie den Mut gegeben, ihr meine Liebe zu gestehen!) – diese erste und somit intensivste Liebe bekommt von meinem Geld zwei Packungen Seidenstrümpfe der Marke Wolford, die ich unbemerkt am Gepäckträger ihres Fahrrads festklemme. Meiner armen Mutter kaufe ich Freuds „Traumdeutung", in der Hoffnung, sie möge endlich etwas über mich begreifen. Vergeblich. Trotzdem haushalte ich sehr gut mit meinem kleinen Vermögen. Anlässlich eines Jahrmarkts in den Auen des Inn, Mitte der 60er Jahre, gewinne ich in einer Glücksspielbude sage und schreibe vierhundertunddreißig Schilling, die meine ursprünglichen

eintausend Schilling zu eintausendeinhundertund-
zwölf Schilling anwachsen lassen. Was würde ich
heute dafür geben, mich Gierigen auf diesem
Jahrmarkt inmitten gieriger Tiroler sehen zu dür-
fen, wie ich meine Münzen auf dem Herz As plat-
ziere, in der Hoffnung das herumirrende Licht
möge auf meiner Karte stehenbleiben und mir
den ersehnten Gewinn bescheren.
Das meiste Geld verrauche ich in Form von un-
glaublich wohlschmeckenden, ungewöhnlich langen, starken und vor allem filterlosen Zigaretten
der Marke Pall Mall, denen ich in dieser Zeit leider
in höherem, unvergleichlich höherem Maße verfal-
le, als allen Vertreterinnen des sogenannten schönen Geschlechts, die mit glühenden Hufen in ihren Warteboxen scharren und auf ein Zeichen aus
meiner Ecke warten, die ich mich nicht scheue, die
einsamste aller einsamen Ecken zu nennen. What-
ever! Auch meine geheimnisvollen, im Schnee gefundenen tausend Schilling gehen irgendwann den
Weg, der uns allen beschieden ist, den Weg nach
unten, in den Abgrund der Zeit. An einen Ort,
von dem wir, um ganz ehrlich zu sein, nichts, aber
auch gar nichts wissen. Den Rest meines geheim-
men Vermögens verprasse ich auf einer Lustreise.
Mit siebzehn fahre ich zum ersten Mal in die Bundeshauptstadt, nach Wien, zu Verwandten. Eines
schönen Abends mache ich mich frei und will etwas erleben. Für die allerletzten Scheine meines
im jungfräulichen Schnee gefundenen Schatzes
kaufe ich mir in dieser schwülen Sommernacht
den Körper einer etwas zu blonden, etwas zu
wohlgenährten und etwas zu traurigen jungen
Frau mit dem, nur von ihr bestätigten Namen Ka-
rin, die mir, nachdem ich ihr meinen ganzen jungen Trieb und meinen ganzen Reichtum zu Füßen

gelegt habe, lakonisch und im breitesten Wiener
Dialekt erklärt: „Bei so ana Hitz, is des Gonze fast
a Sünd!"

Minu Ghedina

Aufbruch 1

Wir waren jung damals. Und naiv. Wir hatten uns
am Bahnhof Zoo verabredet. Als ich in Innsbruck
in den Zug stieg und dieser schicke Typ, der sich
für mich nicht interessierte, mich aber trotzdem
zum Zug brachte, war mir schwer ums Herz. Wieder einmal hatte ich mich vergeblich verliebt.
Trotzig ging ich besonders langsam neben ihm
her, da jeder verzögerte Schritt mir ein paar Se-
kunden mehr Zeit mit ihm bringen würde. Er
nahm es Locken werfend und wie ein Gentleman
hin. Ich sehe mich noch in dem türkisen 80er-Jah-
re-Kostüm, das meine Figur besonders unvorteil-
haft in Szene setzte, und den befremdlich schim-
mernden, ebenfalls türkisen Cowboystiefeln, sehe
mich also auffallend türkis auf dem Trittbrett stehen, als die Waggontüre zufiel und uns unüber-
windbar trennte. Ich möchte mir in diesem Moment nicht gegenüber gestanden sein.
Schon heulte ich los. Ich presste mein Gesicht gegen das Glas der Waggontüre und sah ihn langsam
in der Geschwindigkeit des anfahrenden Zuges
kleiner werden, ohne dass er noch einen Blick zu-
rückwarf. Und das war wohl klug von ihm, denn
mein flach gepresstes Gesicht und die Tränenspu-
ren auf dem Glas, die gerade dabei waren, sich
mit dem Dreck der Welt zu vermischen, waren wenig animierend.
Hätte ich mir das alles nicht ersparen können?
Ich seufzte, dann auf nach Berlin. Amelie war
schon vorgefahren und hatte eine Wohnung für
uns gefunden. Das war damals einfach, wer lebt
schon gerne hinter Mauern. Ich kam am frühen

Abend pünktlich und verquollen am Bahnhof
Zoo an. Als der Zug einfuhr und mich in diesen
Bahnhof Zoo in dieser Stadt Berlin brachte, sah
ich schon Amelie mir wild zuwinkend. Ihre hoch
oben am Kopf zusammengebundenen Locken
wippten aufgeregt mit und herzten die Blicke der
Ankommenden. Ich drängte gegen meinen Vor-
dermann, der sich trödelnd aus dem Sitz wand
und mit einem vorwurfsvollen Blick von mir ab-
drehend dem Ausgang zustapfte. Auf seinem zer-
knitterten Hosenboden klebten die Brösel der
letzten Stunden.
Mit ausgebreiteten Armen fielen wir uns um den
Hals. Bussi, Bussi, Schatzi. Wir hielten uns lange
fest. Wir zwei in der großen, weiten Welt.
Ich hab irren Hunger.
Ja. Ich auch. Ich muss nur noch meine Reisetasche
aus dem Schließfach holen. Da sind 2000 Mark
drin. Die haben mir den Job bar ausbezahlt.
Wir gingen durch die Bahnhofshalle. Spröde brei-
tete sie sich vor uns aus. Morbide Kacheln zogen
sich in einem vergilbten Cremeton die Wände
hoch, in ihren Rissen hing Geschichte und die Ge-
wissheit, dass sie wie ein Magnet Uferlose anzog.
Wie verloren hing sie im Herzen der Stadt. Amelie
zerrte mich zu den Schließfächern, die sich in Reih
und Glied vor uns ausbreiteten. Plötzlich blieb sie
wie angewurzelt stehen, fuhr ruckartig mit den
Händen in ihre Hosentaschen, dann in die Jacken-
taschen, durchwühlte ihre Handtasche und schüt-
tete sie letztendlich auf dem Boden aus.
Scheiße, murmelte sie.
Was?
Der Schlüssel, er ist weg. Scheiße. Scheiße. Sie
durchwühlte noch einmal alles und sah mich dann
kreidebleich an.

Wir gehen zur Bahnhofsinformation, ich packte ihren Arm und zog sie weg.

Wir stolperten wieder quer durch die Halle zur Information. Eine Frau mittleren Alters saß hinter einer Glasscheibe und als wir klopften, blätterte sie gerade sorgfältig eine Zeitung durch. Sie faltete die Hände über die Zeitung und sah hoch, schob ihre graue Mütze zu Recht und murrte etwas. Wir erklärten ihr hastig unsere Situation. Endlich stand sie auf, beugte sich über den Tisch, ergriff mit einer unerwartet schwungvollen Geste einen dicken Schlüsselbund und marschierte los, wie zwei Gänseküken stolperten wir ihr hinterher. Sie holte mit ihren langen Beinen so weit aus, dass wir es kaum schafften, mit ihr Schritt zu halten.

Na, dann versuchen wir unser Glück, murmelte sie, während wir, nun zum dritten Mal, die Bahnhofshalle durchschritten.

Wie ist die Nummer?

Amelie stotterte keuchend: Ah, ich glaub ...

Ja?

Ich glaub 203. Die Frau knurrte und hob schon den Schlüsselbund zu der 203, während wir jeden Millimeter ihrer Bewegung verfolgten und nur an das eine dachten: das viele Geld. Da ließ sie die Hand wieder sinken und drehte sich zu uns um, dass wir erschrocken zusammenzuckten.

Ja, was ist denn drin?, fragte sie trocken.

Eine hellblaue Reisetasche, hellblau, und ein Schal, so geblümt, sagte Amelie sofort.

Hm. Die Frau drehte sich wieder um und schloss das Fach 203 auf. Es war leer. Ich stieß Amelie schnell an und sie stammelte: Ich, ich bin mir nicht sicher, vielleicht doch die 204?

Die Frau schnaubte und öffnete 204, wieder
nichts, sie machte das nächste Fach auf, und dann
noch eins und sagte dann plötzlich: Ups.
Dann drehte sie sich langsam zu uns um. Das ist
dann wohl nicht euer Fach. Wir schielten über ihre
Schulter und erstarrten. In dem Fach lagen ordentlich nebeneinander eine Mütze und eine Pistole.
Die Düsterheit des Bahnhofs umschlang die Dunkelheit des verbrauchten, abgenutzten Schließfa-
ches und verstärkte die unabdingbare Realität dieser zwei miteinander verwobenen Gegenstände.
Eine beklemmende Bedrohung ging von diesem
Bild aus. Schnell schüttelten wir den Kopf.
Na so. Die Frau verschloss das Fach wieder. Ich
hole dann mal besser die Polizei.
Wir nickten schnell. Mit großen Schritten stapfte
sie davon. Ihre graue Uniform hatte etwas
Störrisches und passte in das spröde Bild dieses
Bahnhofs. Wie hypnotisiert sahen wir ihr hinterher. Als sie in den Weiten der Halle verschwand,
packte ich meine Freundin am Arm, zerrte sie hinter eine Säule und zischte: Lass uns hier verstecken, nicht dass die Besitzer der Pistole uns sehen.
Wir sind hier nicht in einem Krimi, zischte meine
Freundin zurück und lugte hinter der Säule hervor.
Vielleicht doch. Das Konglomerat an Menschen
um uns herum machte mich nervös. Wir harrten
hinter der Säule aus, bis die Frau mit zwei Polizis-
ten zurückkam. Sie öffnete das Fach und machte
mit einer siegessicheren Geste der Polizei Platz.
Einer griff sich an die Mütze und beugte sich vor.
Aha, sagte er und winkte dem zweiten. Ja, das werden wir jetzt beschlagnahmen.
Sie zogen Handschuhe an und übernahmen die
Gegenstände. Als sie endlich in weiter Ferne ver-

schwanden, drehte sich die Frau, die während der ganzen Aktion wirkungsvoll mit ihrem Schlüsselbund geklappert hatte, um und wir kamen rasch aus unserem Versteck.

So, sagte sie und stemmte die Hände in die Hüften. Sie sah in unsere verstörten Gesichter und meinte trocken: Eben, wa, det is och Bealin.

Wir nickten und vermutlich lösten wir in ihr Mitleid aus, denn sie schwang noch einmal ihren Schlüsselbund über unsere Köpfe und verkündete heroisch: Also ich mache jetzt genau 10 Fächer auf. Dann fing sie an. Wir standen hinter ihr und zählten heimlich mit, als Amelie plötzlich mit einem Aufschrei nach vorne stürzte.

Ja, das ist meine Tasche, ah. Die Frau zog sie heraus, hielt sie wie ein Preisgeld hoch und einen Augenblick lang fürchteten wir, dass in dieser ausufernden Geste die Knöpfe ihrer Bluse sprengen würden. Aber sie ließ rechtzeitig den Arm wieder sinken und reichte uns die Tasche: Glück jehabt, wa. Sie schloss das Fach und zog ab.

Danke, riefen wir ihr hinterher, danke. Aber sie war schon fort. Damals. In Berlin.

Lilo Galley

Erinnerung

Gute alte Zeit –
Träumerei zu zweit!
Heller Mond, funkelnder Stern –
liebliche Worte: „Ich hab Dich gern!"
Verschlungene Hände, zärtlicher Blick,
stilles Bänkchen, unvergess'nes Glück!

Heute „verliebt sein" ist neu –
kein zärtlicher Blick, keine Scheu!
Auf der Straße wilde Küsse –
schnelle Bettgenüsse!
Disco, Lärm, Benzingestank –
Junge Leute psychisch krank!!

Sag, wo ist die „gute" Zeit?
Weit, weit weg - sehr weit!
Im Gedanken bin ich jung –
so bleibt mir die Erinnerung!

Gerhard Jäger

LebensEndWurf (1995)

Kurz vor seinem dreißigsten Geburtstag suchte er die Nähe einer Näherin und verlor sich dabei selbst aus den Augen. Er verspürte diesen Verlust undeutlich als Verrat und versuchte darum, in der Nähe der Näherin zu bleiben, ja, sogar noch näher hin an die Näherin zu kommen. Da er aber das Gefühl für sich selbst dermaßen verloren hatte, war es ihm nicht mehr möglich, seine eigene Position zu bestimmen und also auch nicht wahrzunehmen, was wirklich war. So um jegliche Position, ja, um jedes Vorwärts oder Rückwärts gebracht, bar jeder Orientierung im Auswärts blieb ihm nur die Flucht nach innen, wo sein Zustand des absoluten Stillstandes ihm andauernd im Weg stand und ihm auch kein Weg war, näher hin an die Nähe der Näherin zu kommen.

Also versuchte er zu schreiben. Stapelte Buchstaben, wie man Bücher stapelt, stellte um, ringelreihte Worte in Reih und Glied und maß dabei doch nur das Maß seines Innenraumes, das Muss seines Bleibens. Er verstummte verstimmt und war auch durch vorsichtig verzagte Berührungen der Näherin nicht mehr näher hin zu ihr zu locken, hockte statt dessen bei sich und weit entfernt von allem, was ihn an sich erinnerte, bevor er sich so denkbar weit von sich verinnerte. Und die Zeit verrann und verringerte und er begann sich einzurichten, gestattete sich den Gedanken – Luxus, gewiss – dass man ja auch so leben könne, so innen zu leben, ohne innig zu leben. Gewiss, es war nicht das Leben, das man sich erträumte, aber es bot doch die Möglichkeit, ungestört zu träumen und damit einen Schein von Leben in das Nicht-tot-Sein zu geben – und das wenigstens hatte es der Wirklichkeit voraus!

Und dieses Träumen in seinen Innenräumen half ihm gegen das Gefühl, das richtige Leben zu versäumen.

Freilich gab es Momente, in denen er kurz wieder teilnahm am Dasein, am Dusein, und sich näher hin an die Nähe der Näherin wagte. An ihrer Peripherie berührten er und sie sich, gerührt und verführt von der Möglichkeit der Nähe und seinem Wunsch des Noch-näher-Hins an die Näherin. Geblendet von der Möglichkeit von Glück, aber letztlich, immer wieder, Stück für Stück zurück, hinein in sein persönliches Verlies, das er dann immer seltener verließ.

Manchmal träumte er von der Näherin auch in ihrer Anwesenheit, die allerdings schon lange eine resignierte Abwesenheit war. Dann öffneten sich ihre Lippen wieder für ihn und ihre Arme und ihre Schenkel und ihr Küssen und sein Wollen war kein Müssen und die Nacht kein gleichgültiges Rücken an Rücken Rücken, mehr ein Zusammen-rücken aus freien Stücken, ein Ineinanderdrücken von Fleisch und Blut und Kraft und Saft in einem Schaft, der das körperliche Maximum an das Nä-herhin zur Näherin schafft. Ein Verschränken von Träumen in intravaginalen Innenräumen und ein Schäumen, ein weißes Schäumen. Dann war sie satt und er matt und Stück für Stück dämmerte er zurück, weg von der Nähe der Näherin, näher hin in seine stille Dämmerung …

Julia Costa

eins und neun und neun und sieben

ihr habt den Monat April genannt
das Jahr nach den Zahlen
eins und neun und neun und sieben
den Tag vielleicht Montag oder Mittwoch
und da war noch eine Zahl
an die ihr euch nicht erinnert

ein Kind habt ihr gezeugt
auf einer Matratze in einem kalten Haus
am Rand von Dorf und Wald
einen Namen habt ihr ihm gegeben

gezählt habt ihr nicht mehr
nicht die Monate
nicht die zerbrochenen Teller

Tiere habt ihr gehütet und freigelassen
ein Kaninchen
einen Kanarienvogel
zwei Katzen

das Kind ist gewachsen
durch die Wände habt ihr geschrien
damit es sprechen lernt

Schafgarbe und Klee und Löwenzahn
haben sich im Garten vermehrt

Lieder habt ihr gesungen und Feste gefeiert
im Dunkeln den Heimweg gefunden

im Haus war es kalt
aber die Zimmer haben gewartet
immer

Suppe habt ihr gekocht
jeder hat genauer gewusst
wie viele Karotten es braucht
und wie sie geschnitten gehören

besser war es
wenn niemand ein Messer gehalten hat

dem Kind sind auch Haare gewachsen
es hat begonnen die Welt zu betrachten

geheizt habt ihr mit Feuer
und das Holz im Keller geholt

am Kühlschrank habt ihr Magnete befestigt
das Kind hat Kellerasseln vom Boden aufgeschleckt
ihr habt gelacht

eure Dinge habt ihr zerbrochen
den Wecker
die Bücher neben dem Bett
mit Klebeband alles zusammengeflickt

ihr nennt den Monat Mai
oder August oder Oktober
das Jahr nach anderen Zahlen
den Tag Sonntag oder Dienstag

das Kind hat nie existiert
und ihr wisst voneinander
nicht einmal mehr die Namen

Daniel Ongaretto-Furxer

Momente meiner Zeit

Ich erinnere mich genau, es war einer dieser ganz
normalen Tage.

Ich hatte Geburtstag. Meine damalige Freundin
verbrachte gerade ihre Zeit als Kindermädchen in
Melbourne. Der Wecker klingelte kurz vor 4 Uhr,
damit wir uns per Skype sehen und sie mir zum
Geburtstag gratulieren konnte. So war es ausgemacht. Ich startete meinen Laptop und bemerkte,
dass ich bis zur vereinbarten Uhrzeit noch ein
paar Minuten Zeit hatte. Aus Gewohnheit warf
ich einen Blick auf die Homepage des ORF. Mein
Blick wurde starr, als ich das zerstörte Auto sah.
142 km/h auf einer Kärntner Landstraße waren
zu schnell, der Landeshauptmann sei sofort tot
gewesen. 11. Oktober 2008.

Ich saß in einer warmen Küche, seit Stunden wurde die kleine Küche nur noch durch das Backrohr
beheizt. Die heitere Stimmung verklang schon
kurz nach Mitternacht. Die Gespräche wurden
träge. Aus Müdigkeit verließ ich bereits um 2 Uhr
die WG-Party neben dem Olympiastadion und bewegte mich schlaftrunken und zu Fuß zu meiner
Wohnung zurück. Als ich bei einem Bankomat
vorbeikam, ging mir ein Gedanke durch den
Kopf. Ich drückte eine kleine Summe in die Tasta-
tur und befühlte die Geldscheine, die ich nun das
erste Mal in Händen hielt. Tore und Fenster vorne
und Brücken auf der Rückseite waren darauf zu
sehen, keine berühmten Männer oder Frauen.
1. Jänner 2002.

Wir saßen beide vor einem der vielen Bildschirme der ORF-Redaktion und beobachteten, wie plötzlich alles um uns herum hektisch wurde, wie in einem Hornissennest, in das der Stecken der Weltgeschichte gerade kräftig reingestochert hatte. Wir beide Praktikanten, beide 24 Jahre alt, waren wohl die Einzigen, die den Ernst der Lage noch nicht ganz erkannt hatten. „Keine heitere Musik mehr, alles herunterfahren, nur noch langsame Musikstücke!", hörte ich den Radio-Chefredakteur durch die Gänge schreien. Am Nachmittag war ich auf der Straße, mit dem Mikrofon in der Hand und befragte unwissende Passanten zu einem Ereignis, das die Welt verändern würde. In New York sei ein Kleinflugzeug in einen Turm gestürzt, so lautete die erste Meldung, die um die Welt ging. 11. September 2001.

Ein unterirdischer Gang, darüber schrieen Menschen Parolen gegen eine Regierung, die sie nicht gewählt hatten. Ich lag vor dem Fernseher und betrachtete live, was in der Bundeshauptstadt vor sich ging. 12 Personen hatten den Tunnel der Geschichtsvergessenheit betreten, scheinbar ohne Möglichkeit zur Umkehr. Analysen über Analysen, allein, sie waren nicht für mich. Der Anfang von sieben Jahren schwarz-blauer Regierung war gesetzt. 28. Februar 2000.

Ich hockte gespannt neben dem Radio, es war kurz nach 17 Uhr, da erreichte mich die Nachricht. Wir waren nun dabei, Österreich war dabei. Über 66 Prozent der Bevölkerung hatten dafür gestimmt. Das erste Lied, das nach der Verkündung des Ergebnisses der Volksabstimmung auf Ö Regional gespielt wurde, war „Ella, elle l'a" von

France Gall. Mein Französisch noch zu schlecht,
um die Liedzeilen zu verstehen. Jetzt waren wir
Teil des neuen, fortschrittlichen Europa.
12. Juni 1994.

Ich erinnere mich genau, es war einer dieser ganz
normalen Tage.

Ich weinte, als France Gall vor kurzem starb, ich
weinte um die vielen Menschen in New York, ich
weinte aus Wut über unsere Regierung, ich war
nachdenklich, als ich vom Unfalltod erfuhr.

Annemarie Regensburger

Klassentreffen

Bereits beim Eintreten hört die Frau das Stimmengewirr. „Diese Emanzen; neunzig Prozent der Scheidungen, weil die jungen Frauen so egoistisch sind." Mit einem fröhlichen Hallo wird sie begrüßt. „Komm, sitz her, trink ein Glas Wein mit uns."

„Nein, ich trinke keinen Alkohol."

„Wein ist doch kein Alkohol. Bist du immer noch so brav und willst mit uns mit Wasser anstoßen?"

„Ja, ausschließlich mit dem klaren Geist des Wassers."

Die Klassenkameradinnen lachen.

„Was sagst du zu den Emanzen heute?"

„Du hast jetzt eine regelrechte Emanze vor dir", sagt die Frau.

„Du, eine Emanze, und nicht einmal ein Glas Wein mittrinken?"

„Vielleicht gerade deswegen."

„Du hast doch einen netten Mann."

„Vielleicht gerade deswegen."

Jetzt spricht sie es aus: „Der Begriff ‚emanzere' wurde für die Sklavenbefreiung in Rom verwendet. Ist es nicht zu komisch, dass gerade dieser Begriff in die Frauenbewegung eingegangen ist?"

„In der Schule haben wir das aber nicht gelernt."

„Nein, aber dafür genügend Lebensregeln für das Frau- und vor allem das Muttersein. Könnt ihr euch noch an die Handarbeitsstunden bei der Don-Bosco-Schwester erinnern?"

Gelächter. Die unterschiedlichsten Sätze werden aus der Erinnerung geholt:

„Rein und sauber sollt ihr in die Ehe gehen."

„Ihr sollt die Jugend rein überstehen, damit ihr den Kindern eine gute Mutter werden könnt."
„Eine Frau muss verzichten können."
„Euer Haus sei ein Schmuckkästchen für euren Mann."
„So blöd wirst du wohl auch nicht gewesen sein, dass du dich an den Satz: ,Ihr sollt nur den Mann küssen, der einmal der Vater eurer Kinder wird' gehalten hast?"
Der einzige anwesende Schulkollege schüttelt den Kopf. Er kann sich an keine „Männerregeln" erinnern.
Der Frau beginnt es in den Ohren zu dröhnen. Bis an den Rand der Erschöpfung hat sie versucht, das vorgegebene Frauenbild einzuhalten.
„Du hast dem Pater und der Don-Bosco-Schwester alles, was sie gesagt haben, geglaubt. Weißt du auch noch den Satz vom Pater? Wenn ich diese Eva zu Gesicht bekomme, werde ich ihr eine runterhauen!"
„Welcher Eva?"
„Ja, der biblischen Eva, wem sonst? Sie ist schuld, dass wir aus dem Paradies vertrieben wurden", sagt eine Schulkameradin.
„Das glaubst du noch? Ich habe mich von solch einseitiger Auslegung schon lange emanzipiert."
Alle lachen. Die Klassenkameradin, bereits angetrunken, fühlt sich in die Enge getrieben. Dann kommt von ihr, der Lieblingsschülerin der Don-Bosco-Schwester, noch ein letzter Kommentar:
„Wir hatten wirklich gute Lehrpersonen. Uns wurden noch Werte wie Pünktlichkeit, Höflichkeit, Ordnung, Fleiß und vor allem die Liebe zu Gott und zur Heimat mitgegeben. Schaut euch die heutige Jugend an."

Die Frau schweigt. Auch sie hat vieles an ihren Lehrpersonen geschätzt, die Don-Bosco-Schwester verehrt, doch hinter die ausschließlich guten alten Zeiten hat sie schon lange ein großes Fragezeichen gesetzt.

Auszug aus „Gewachsen im Schatten.
Geschichte einer Befreiung", Tyrolia 2013

Claudia Lang-Forcher / Elisabeth Wintergerst

Die drei großen Frauen des Lechtals
Inspiration, Allegorie und Mythos

Gibt es Vergangenheit und Zukunft? Oder nur
Erinnerung und Erträumtes als Teil der Gegenwart? Viele Liebhaber der Weisheit, die Philoso-
phen, haben sich mit der Erscheinung der Zeit beschäftigt. In der Natur finden wir einen Dreier-
Rhythmus von Veränderung: von Wachsen, Blühen und Verwandlung. Unsere Vorfahren nahmen
dies numinos und wesenhaft wahr und in ihrer
Vorstellung zeigte sich das Bild der drei mächtigen
Frauen – drei Nornen, drei Matronen, die drei Sa-
ligen Fräulein, die drei Bethen. Sie halten die
Schicksalsfäden in der Hand.

1. Ich hab ein junges Mädchen gesehn
   in einem weißen Gewand.
   Mit Milch und Honig in ihrem Arm
   war sie mir so seltsam bekannt.

2. Ich hab eine liebende Frau gesehn,
   ihr Kleid war wie Feuer so rot.
   Sie lachte und tanzte, und war so schön.
   Sie brachte mir Wasser und Brot.

3. Ich hab eine wissende Alte gesehn,
   ihr Kleid war so schwarz wie die Nacht.
   Ihre Hand war leer, doch ihr Herz war voll,
   sie hat mir die Weisheit gebracht.

4. Dreimal hast du in den Spiegel gesehn,
   am Morgen, zu Mittag, bei Nacht.
   Drum nimm dein Leben und geh deinen Weg.
   Du hast den Mut und die Kraft.

(Lied der Frauenbewegung)

Lange hat es gedauert, bis ich dieses Bild von den
drei Frauen in mir gefunden habe. Denn lange
hatte ich keine Frauen-Bilder in mir, insbesondere
keine weiblichen Vorbilder. Den ursprünglich
weiblichen Fähigkeiten, etwa der Fähigkeit Kinder
zur Welt zu bringen, Kinder am Busen zu stillen,
sie zu nähren und Heimat zu schaffen, wird keine
Bedeutung in der Gesellschaft beigemessen. Es ist
einfach so! Ohne dass es als weibliche Qualität
und Fähigkeit identifiziert und gewürdigt wird.
Frauen tragen, Frauen schöpfen, Frauen heilen,
Frauen empfinden, Frauen kämpfen – und doch
sind sie meistens unsichtbar. Für mich wurde es
deswegen eine Notwendigkeit, die drei großen
Frauen des Lechtals zu ehren und ihnen ein
Denkmal zu setzen. Nicht eines das in Stein gehauen unveränderlich dasteht. Sondern ein leben-
diges, immer wieder neu zu fühlendes Wesen dieser drei Frauen in der Gestalt von Theaterstücken.

Die übliche Sichtweise ist die, dass ein Mensch ein
Theaterstück aus sich heraus gebiert. Diese Sichtweise ist richtig, aber unvollständig. Denn es ist
genauso auch anders herum: der Mensch wird
durch seine Werke geschaffen und inspiriert – er
reift an ihnen. Von dieser Berührung und Reifung,
die mir geschehen ist, will ich erzählen.

Die Weiße Frau – Anna Stainer-Knittel (Geierwally) – feinfühlig und mutig zugleich

Die Figur der Geierwally ist ein Archetyp der jungen mutigen Frau. Einer Heldin, die aus Liebe zu ihren Lämmern in eine steile Felswand steigt und ein Adlernest aushebt. Eigentlich eine Männerarbeit, doch wegen eines Unglücks im Vorjahr traute sich nur die Geierwally, mit bürgerlichem Namen Anna Knittel, hinauf in diese schwindelerregende Höhe. Anna Knittel aus Elbigenalp, geboren 1841, war real und echt – lange bevor sie durch eine Romanschreiberin zur Fiktion der Geierwally wurde. Anna Knittel ist die „Wahre Geierwally", ihr Leben ist um keinen Deut weniger spannend als ihr literarisches Abbild. Insbesondere hatte Anna Knittel auch eine weiche, gefühlvolle Seite, die sich filigran und fein in ihren Landschafts- und Blumenbildern zeigt. Ich wollte die ganze Persönlichkeit dieser außergewöhnlichen Frau darstellen und würdigen, insbesondere ihre Verbindung zu einem Adler, den sie gerettet hat. Das Stück wurde 2007 auf der Geierwally Freilichtbühne in Elbigenalp uraufgeführt.

Anna Stainer-Knittel hat mich mutig sein gelehrt und Herausforderungen anzunehmen. Ich habe selber zu malen begonnen und habe in der Ausdrucksmöglichkeit von Farben und Formen eine Sprache der Seele kennengelernt. Ich bin ihr begegnet, keine Jahreszahlen trennen uns, sie ist ein Teil von mir.

Die Rote Frau – Königin Marie von Bayern – Liebe, Freiheit und Pflicht

Königin Marie von Bayern ist die Mutter von König Ludwig II. von Bayern und von König Otto I. von Bayern. An einem 15. Oktober im Jahre 1825 wurde Marie von Preußen geboren. Damals wusste noch niemand, dass aus ihr eine außergewöhnliche Frau werden sollte: Schönheit in der Galerie von Ludwig I., Königin von Bayern, begeisterte Bergsteigerin – sie bestieg als 8. Frau die Zugspitze. An einem 12. Oktober heiratete Marie König Maximilian II. von Bayern und dies war auch Jahre später der Tag, an dem sie zum katholischen Glauben übertrat. Dass Marie von Bayern 1874 zum katholischen Glauben konvertierte, ist kein Geheimnis. Natürlich tat sie das nicht ohne Grund. Doch dieser Grund wird gern geheim gehalten. Es war Johann Georg Lechleitner, Frühmesser und Benefiziat in Elbigenalp im Tiroler Lechtal, der die Königinmutter bekehrt hat. Wie eng das Verhältnis der Königin zu ihrem Lechtaler Seelenführer war, verraten ihre Tagebücher. Eine Liebe, die im Verborgenen brennt und immer die Gratwanderung zwischen dem freien Himmel des Lechtals und der strengen Hofetikette der bedrückenden Residenz in München in sich trägt. Marie hatte ein vornehmes Haus in Elbigenalp, das sie als „Residenzdorf" auserkoren hatte. Im ganzen Lechtal war Königin Marie als Wohltäterin beliebt und geachtet. Die Uraufführung dieses Theaterstücks war im Jahr 2000 auf der Geierwally Freilichtbühne in Elbigenalp.

Marie hat mich gelehrt, mich an Regeln zu halten, diese aber auch zu übertreten, wo es notwendig ist. Verantwortung zu tragen und trotzdem ein eigenes Königreich zu schaffen, in dem ich mich verwirklichen kann, in dem Liebe und Großherzigkeit an erster Stelle stehen. Ihre Botschaft an mich war, Gegensätze und Spannungsfelder nicht als „Entweder-oder", sondern als „Sowohl-als-auch" nebeneinander gelten zu lassen. Ich bin ihr begegnet, keine Jahreszahlen trennen uns, sie ist ein Teil von mir.

Die Schwarze Frau – Anna Dengel – Heilung, Spiritualität und Vermächtnis

Anna Dengel wurde am 16. März 1892 als ältestes von neun Kindern in Steeg/Lechtal geboren. Anna ist erst acht Jahre alt, als sie am 24. Oktober 1900 ihre Mutter Gertrud Dengel, geb. Scheidle, durch eine Lungenentzündung verliert. Die Auseinandersetzung mit diesem Urschmerz und der Trauer nach dem Tod der Mutter prägt Anna Dengel ihr ganzes weiteres Leben. Anna will heilen – sie will andere Kinder davor bewahren, mutterlos in der Welt zu sein. Sie sucht nach einem Weg, um Ärztin zu werden. Da dies für Frauen in Österreich noch nicht möglich ist, absolviert sie ihr Medizinstudium in Irland und erhält 1919 den Doktortitel. Anna spürt, dass der Schlüssel für den Weltfrieden darin liegt, ob in den armen Ländern der Welt Frauen im Mittelpunkt des Lebens stehen oder ob das männliche Rivalitätsdenken zu ständig neuen Kriegen führt. Anna Dengel gründet den Orden der Missionsärztlichen Schwestern, die derzeit in nahezu zwanzig Ländern aktiv sind. In dieser spirituellen Gemeinschaft von Heilerinnen hat Anna fünfzig Krankenhäuser aufgebaut, in denen ein besonderes Augenmerk den Frauen und Kindern gilt. Das Theaterstück „Anna – Mutter der Mütter" wird 2019 an der Geierwally Freilichtbühne in Elbigenalp uraufgeführt. In meiner Imagination hat alles schon seinen Platz, ich kenne die Szenen in- und auswendig und habe sie durchgespielt. In gewisser Weise hat die Aufführung bereits stattgefunden und so ist das Stück eine erträumte Erinnerung.

Anna Dengels Lebenswerk ist gewaltig. Sie lehrt mich, dass ich jederzeit über mich hinauswachsen kann. Anna schöpft ihren Antrieb nicht aus einer Konkurrenz heraus, sie will niemanden ausstechen oder übertrumpfen. Anna zeigt mir, dass es die Liebe ist, in der die stärkste Schöpfungskraft steckt: Erfindungsgeist, Neugier, Hingabe an eine Aufgabe, Interesse, Geduld und Großzügigkeit. Nichts fehlt der Welt mehr als diese Liebe, die frei von Selbstsucht ist. Ich bin Anna Dengel begegnet, keine Jahreszahlen trennen uns, sie ist ein Teil von mir.

Zu meinem Glaubensbekenntnis gehört es, dass „alles zusammengehört". Theater ist für mich gut, wenn es nicht als Theater, sondern als Wirklichkeit erlebt wird. Wenn es keine Trennung zwischen Publikum und Akteuren gibt. Wenn der Held oder die Heldin nicht nur auf der Bühne steht, sondern in der eigenen Seele lebt. Es ist gutes Theater, wenn sich Zeit und Raum auflösen und wir zusammen fühlen, was geschieht. Das ist magisch, bewusstseinserweiternd und heilend. In dieser Weise durchdringt das Theater viele Ebenen von Wirklichkeit, verlässt das Historische und wird zum zeitlosen Mythos. Die Grenzen des kleinen abgegrenzten Ichs verblassen und wir erinnern uns, wie wir als Kinder ganz an ein Spiel oder an die Natur hingegeben waren, wie wir verschmolzen sind mit unserem Tun und fühlendem Erleben. So haben sich Anna Stainer-Knittel, Königin Marie von Bayern und Anna Dengel als lebendige Erinnerungen meiner Seele geöffnet. Gleichzeitig sind sie auch Vertreterinnen der drei großen mythischen Frauen, die ihre Schicksalsfäden durch das Lechtal gesponnen haben und deren Segen im Lechtal immer noch spürbar ist.

Markus Jäger

Zeit im Sand III

Im Tal der Goldikonen
einer Unverfrorenheit
wehte einst durch Goldschablonen
himmelblau Verlorenheit.

Berge säumten die Visionen
der Zurückgezogenheit.
Heimelige Traditionen
schlugen sich um unsre Zeit.

Holzgeruch schon bald verflog
mit den Fliegen auf dem Dung.
Sand im großen Glas betrog
meine Golderinnerung.

Schnee sich Sicherheit erlog.
Angst vor Alter hält uns jung.
Lehnt der Tod sich an den Trog,
ist das Leben auf dem Sprung.

C. H. Huber

das tausendjährige getreide wächst
gut auf heimatlichen böden
erst recht im großstadthäusermeer
gehen die samen prächtig auf
auch schwarze äcker im gebirge
öffnen geduldig ihre furchen
wenn es beim bäcker nur mehr braune
brote gibt denkt sie ans reisen
auswandern können / doch wohin

wohin

Aus dem Band „wohin und zurück",
TAK Innsbruck 2008

Markus Grain

Schritte in die Zukunft

Gestärkt erhebe ich mich vom Lagerfeuer, schlucke den letzten Bissen Mammutfleisch hinunter und stecke mir meine zwei Steinäxte unter den rauen Ledergürtel.

Mein Ziel kenne ich nicht. Aber ich bin dorthin unterwegs.

Die Landschaft verändert sich, während ich dahinwandere. Sie wird dürrer, die Bäume werden weniger und stacheliger mit jedem Schritt.

Fünftausend Schritte sind es, bis ich dem nächsten Menschen begegne. Er trägt ein langes, weißes Gewand aus einem Material, dass ich noch nie zuvor gesehen habe. Mit einem freundlichen Lächeln auf dem Gesicht beginnt er mit mir um meine Ersatz-Steinaxt zu feilschen. Schlussendlich einigen wir uns auf sein weißes Gewand und ein kleines Messer aus „Eisen" gegen mein Werkzeug.

Kaum zehn Schritte weiter in meinen neuen Kleidern, ausgestattet mit dem neuen Messer, begegne ich einer großen Menschenansammlung. Sie beginnen, Höhlen aus Steinen, Holz und Lehm um mich herum zu errichten und mit jedem Schritt, den ich weitergehe, werden sie mehr.

Nach weiteren tausend Schritten begegne ich einem alten Mann am Straßenrand. Sein Haar ist leuchtend weiß, sein Bart grau wie Granit, nur sein Geist scheint so jung und fit, wie eine Gazelle zu sein. Er stellt mir eine dem ersten Anschein nach simple Frage: „Wer bist du?" Als ich ihm meinen Namen nenne, wiederholt er sich: „Wer bist du?" Doch ich muss schon weitergehen, bevor ich weiter darüber nachdenken kann.

Männer in mit roten Gewändern, Panzern aus Eisen, Schwertern aus Stahl und großen Schilden treiben mich voran immer weiter nach Norden, hinaus aus der Stadt, mindestens dreihundert, vierhundert Schritte lang, bis sie endlich Rast machen und beginnen, guten Wein zu trinken, sich die Bäuche vollzuschlagen. Gut fünfzig oder hundert Schritte weiter treffe ich eine weitere Gruppe dieser Männer und werde Zeuge, wie sie von einer riesigen Anzahl von Reitern vertrieben werden.

Ich bin unterwegs, wohin, das weiß ich nicht.

Noch mal einhundert Schritte weiter habe ich mein weißes Gewand gegen Kleider aus schönen blauen und purpurnen Samtstoff eingetauscht, marschiere westwärts und trage ein großes, schweres Buch mit Seiten aus Pergament beim mir. Ich kann es nicht lesen, habe aber jedes Wort auswendig gelernt und obwohl ich die Sprachen nicht verstehe, sage ich mir den Inhalt Tag für Tag vor. Die Männer, welche mich belehren wollen mit ihnen weiterzugehen um erlöst zu werden, ignoriere ich.

Zumindest für die nächsten vierhundert Schritte, denn dann, als ich endlich in der nächsten Stadt ankomme und die Menschen dort sehe, wie sie schreiend und rufend in Richtung Osten marschieren, geeint unter einem Banner, besteige ich den nächstbesten Wagen und fliehe zusammen mit einem Mann weiter nach Norden, der meint, diese Menschen wären alle verrückt, doch leider müsse er sich ihren Anführern ebenfalls beugen.

Ich bin unterwegs, wohin?

Von der Heimat des Mannes mit dem Wagen fahre ich Südwärts, fünfhundert Schritte lang und begegne einem offensichtlich Verrückten, der meint, die Welt wäre eine Kugel. Er tut mir irgendwie leid und ich helfe ihm, Schiffe zu bekommen um seine Idee zu überprüfen, welche sich nun mit jedem weiteren Schritt immer weiter verbreitet. Ich begleite ihn nach Westen.

Zweihundert Schritte im neuen Land getan und eine große Zahl Männer dient mir, beschafft mir Gewänder aus gutem Leinenstoff. Schöne, schwarze Gewänder und einen Hut, der aussieht wie ein umgestülptes Wasserglas. Auch können diese Männer Donner machen, nur dadurch, dass sie Stöcke in den Händen halten. Und sie bauen Häuser schneller, als der Wind die Blätter im Herbst von den Bäumen fegt.

Dann, ich habe kaum fünfzig Schritte in meinen neuen Lebensumständen als „Gutsherr" getan, kommen Heerscharren von Männern in einheitlichen, roten Gewändern über das Meer und lassen den Donner auf mein Land herabregnen. Wieder muss ich fliehen.

Fünfzig Schritte lang versuche ich mit dem Schiff zurückzukommen in meine Heimat, finde jedoch nichts weiter vor, als verbrannte Erde. Endlos lange sitze ich da in meiner Kutsche, schaue hinaus, sehe nur schwarz, grau und Elend.

Ich bin unterwegs. Wieso? Ich hatte es doch so gut, vor tausenden von Schritten.

Meine Kleidung wechselt sich nun mit jedem Schritt, die Dinge, die ich in der Hand halte, werden immer nützlicher und raffinierter.

Dann, ich habe weitere hundert Schritte getan, verliere ich mit einem Schlag alles und wandle über eine Ebene voller Häuser, ohne Innenleben, nur die Fassaden stehen noch und nur ganz langsam kommen die Menschen zurück, richten auf, was zerstört wurde. Und es stimmt mich fröhlich, ihnen in meiner Baumwoll-Latzhose mit der Baskenmütze auf dem Kopf zu helfen. Dann setze ich mich in den Zug, will weiter.

Ich möchte meinen nächsten Schritt setzen, doch stoße ich an eine Mauer, einen Zaun – ganz aus Metall. Niemand darf weitergehen, niemand.

In einer Zeit, in der ich viele Schritte hätte tun können, sitze ich herum, warte darauf, endlich weitergehen zu können, und telefoniere mit meinen alten Freunden drüben im Neuen Land. Wieder hat er eine verrückte Idee, er möchte den Mond besuchen! Und er lädt mich ein, dabei zu sein.

Gute elf bis zwölf Schritte später stehe ich dort oben auf diesem Felsen voller nichts, blicke hinunter auf die übergroße Murmel, wie sie da vor mir in der Schwärze schwebt und trage nichts, als einen komischen, weißen Anzug mit einem großen Helm und filme meinen Freund mit einer Kamera.

Das Flugzeug bringt uns zurück nach Osten und ich darf endlich, nach so vielen Schritten dabei sein, wie ein Stück meines alten Lebens, das tausende von Schritten zurückliegt, wieder zum Leben erweckt wird. Wenn auch dieses Mammut nicht wirklich lebt, sondern ausgestopft ist wie eine Weihnachtsgans, so ist es doch etwas Vertrautes. Und der Vorschlag eines neuen Freundes, es wiederzuerwecken, stimmt mich so froh, wie ich seit tausenden von Schritten nicht war.

Inzwischen füllt sich mein Kleiderschrank immer weiter an, die unterschiedlichen Modelle in den verschiedensten Farben hängen in ihm. Alle kommen sie von irgendeinem Zeitpunkt meiner Reise.

Dinge, mit Funktionen so zahlreich wie die Farben des Meeres, stapeln sich in meiner Wohnung. Alle möchte ich sie verwenden. Alle habe ich sie liebgewonnen. Das Telefon, der Ofen, die Kamera, die Gaslampe, das Buch mit den Pergamentseiten, das Eisenmesser, die Steinaxt.

Jeder zehnte Schritt zeigt mir Sachen, die ich mir nie hätte erträumen lassen. Niemals.

Die Welt zieht vorbei in Schlieren, so schnell wandelt sie sich.

Und ich, ich stehe hier, mitten in diesem Raumschiff mit Kurs auf den Mars – und halte meine Steinaxt in den Händen, trage meinen Lederlendenschurz mit dem alten Ledergürtel.

Ich bin unterwegs. Wohin? Das weiß ich nicht. Begleite mich, dann finden wir es gemeinsam heraus.

Irina Spira

EVEREST

(Roman und zugleich Drehbuchvorlage)

10. Kapitel (auszugsweise)

TRAUMSTADT INNSBRUCK

(1970. Der Flüchtling aus Rumänien, die 26-jährige Lina, wird klinisch tot ins Krankenhaus Klagenfurt eingeliefert und dort gerettet.)

Nach vier Wochen wurde die künstliche Ernährung abgesetzt und Lina wurde aus der Intensivstation in ein Zimmer verlegt.

Nach noch einmal vier Wochen konnte sie das Bett verlassen! Zwar schleppend, aber sie konnte stehen und sich mit einer Krücke und mit Rollator sogar fortbewegen!

Die täglichen kleinen Fortschritte waren es, die Lina so weit brachten, dass sie wieder an die Berge denken konnte. Gipfel besteigen, frei sein, unbeschwert lachen…Berge… Innsbruck …

„Ja, wenn ich hier rauskomme…", dachte sie immer wieder, „dann gehe ich nach Tirol. In die Olympiastadt." Sie hatte Innsbruck schon in Rumänien im Fernsehen bei der Olympiade gesehen und sie wünschte sich mehr als alles auf der Welt, in dieser Stadt zu leben, wo die Berge vor der Haustür beginnen, in dieser Stadt mit der Universität mitten in den Bergen!

Und sie bewegte mit neuer Kraft und Zuversicht ihr schlaffes Bein und den noch immer herunterhängenden Arm. Ihre Fortschritte waren, wie die Ärzte sagten, eigentlich den Umständen entsprechend bemerkenswert. Nicht überwältigend.

Ihr subjektives Gefühl war anders: Sie fühlte sich immer besser! Immer kräftiger! Und eines Tages fragte sie ihren betreuenden Arzt: „Wissen Sie, bitte, wer hier in Österreich Expeditionen im Hochgebirge organisiert? An wen soll ich mich wenden, damit ich diesbezüglich Programme erhalte?"

Der Arzt war ein junger Mann. Ihm fiel das Blutdruckmessgerät aus der Hand, als er das hörte. Er schaute Lina fassungslos an: „Wollen Sie..."

Lina lachte: „Ja! Ich möchte mit der Alpinstelle hier in Österreich Kontakt aufnehmen oder mit der Stelle, die Expeditionen auf den Mount Everest organisiert!"

Der junge Arzt hatte das Blutdruckmessgerät aufgehoben und war plötzlich in großer Eile: „Ja, Mount Everest... ja, ich werde es weiterleiten...", sagte er, bevor er verschwand.

Am selben Tag erschien am Krankenbett Linas ein lächelnder älterer Arzt mit spitzem Bart, mit runder Glatze und mit quadratischer Brille. Er stellte sich auf Englisch als Doktor für Psychiatrie und Neurologie vor.

„Ich bin nicht verrückt!", schrie Lina.

„Nein, nein", sprach der ältere Mann beruhigend auf sie ein, „es handelt sich nur um ein paar Routinefragen!"

Lina hatte sich den Westen anders vorgestellt: Offener, mit viel Platz für Fantasie, für Träume, wieso durfte eine gelähmte Person nicht von Bergtouren sprechen?

Lina beantwortete, kurz angebunden, Fragen über ihr früheres Leben, über ihre Leistungen im Felsklettern, über ihr Lebensziel.

Sie wurde als Größenwahnsinnige mit psychopathologischem Realitätsverlust eingestuft, einfacher gesagt: verrückt.

Genauso wie in Rumänien! Vom Regen in die Traufe!

Lina hoffte doch, dass man sie hier in Österreich nicht einsperren würde wie damals in Rumänien, als sie ihre literarische Überzeugung über die Freiheit der Kunst zum Ausdruck brachte und auch ihren Wunsch, als erste Frau den Mount Everest zu besteigen!

Sie täuschte sich!

Es kam noch schlimmer!

Eines Tages kamen plötzlich Beamte vom Sozialdienst des Bundessozialamtes Kärnten. Lina wurde der Beschluss der Ausländerbehörde vorgelegt: Sie nämlich, Lina Zarescu, hieß es, sei ein Pflegefall, und die Republik Österreich könne sie nicht länger im Land behalten.

„Ich zahle alles zurück, ich gehe doch bald arbeiten!", schrie Lina verzweifelt. Die Beamten nickten höflich und fuhren fort:

Lina Zarescu würde nach Abschluss der Therapie und nach Absprache mit den rumänischen Behörden mit Hilfe des Roten Kreuzes zu ihrer Familie nach Rumänien zurückgeschickt werden. Da sie halbseitig gelähmt sei, sei sie in Rumänien haftunfähig, sie hätte also keine Gefängnisstrafe und keine andere Verfolgung zu befürchten. Alles, was sie brauchte, sei Ruhe und Pflege, hieß es.

Ein Punkt im Beschluss der Ausländerbehörde war trotzdem offen: Falls Lina Verwandte oder Freunde in einem anderen Land der Welt als Rumänien hatte und falls sich diese Verwandten oder Freunde notariell bereit erklären würden, die teilweise gelähmte Patientin aufzunehmen und zu pflegen, dann wäre der Staat Österreich bereit, die Reisekosten bis zu jenem Land zu übernehmen.

Lina wurde dabei eiskalt. Sie konnte es nicht begreifen: Umsonst der Weg hierher in diese sogenannte Freiheit? Ihre ganze Hoffnung galt jetzt ihrer entfernten Cousine in Paris. Die Sozialarbeiterin, die jetzt Lina betreute, war eine herzensgute ältere Frau, sie hieß Frau Gerti, und sie brach oft in Tränen aus, wenn sie sah, wie sich Lina mit der Krücke bewegte. Frau Gerti notierte den Namen, den Lina ihr diktierte und versprach, ihr Bestes zu tun. Sie tat es auch: Am nächsten Tag legte sie Lina eine Telefonnummer vor. Lina fühlte einen Knoten im Hals: Sie hatte nie in ihrem Leben gebettelt, sie musste es jetzt tun. Ihre rechte Hand war gelähmt, sie hob den Hörer mit der linken Hand ab. Frau Gerti klopfte ihr auf die Schulter, versuchte, ihr mit einem Lächeln Mut zu machen. Dann wählte Frau Gerti die Nummer in Frankreich.

Die Cousine in Paris erklärte sich von der Flucht Linas beeindruckt, gratulierte ihr sogar, aber für kranke Besucher habe sie leider keine Zeit und keine Räumlichkeiten. Lina sprach nicht weiter. Legte auf. Es war aus. Lina erinnerte sich, dass sie in ihrer Kindheit nur einmal geheult hatte. Als ihr kleiner Hund Pfötchen starb. Dann nie mehr wieder. Und sie spürte auf einmal, wie damals in Rumänien vor ihrer Flucht, eine unglaubliche Entschlossenheit, die Fesseln ihres Schicksals zu brechen! Sie sei doch der Hölle Rumänien entkommen, viel mehr als 1000 Kilometer zu Fuß, was kann das jetzt sein, ein „Rotes Kreuz"? Nur ein paar hundert Kilometer trennten sie eigentlich von Innsbruck! Frau Gerti deutete Linas starr gewordenes Gesicht als Übelkeit und brachte ihr ein Glas Wasser. Keine Reaktion. Starrer

Blick: Lina bereitete sich im Geiste auf eine nächste
Flucht vor.

Innsbruck

In Innsbruck war ich im Grunde, um mich abzu-
lenken, und nicht, um bewusst meiner Lebensfüh-
rung eine spezifische Form zu geben; ich war in
diesem Moment meines Lebens etwas atemlos.
Seit meinem Einziehen hier wurde ich aber jedenfalls sensibler.
Unruhe und Benommenheit wollten sich manchmal legen.
Ich komme nicht umhin zu bemerken, dass ich
nicht Zeichen der Sterblichkeit und Endlichkeit,
die ich um mich herum beobachtete, zum Grund
erkor, der Ängste und Unwohlfühlen im Leben
bei mir hochzüchtete.
Ich beruhigte dadurch etwas die unerklärliche
Furcht vor allem und stellte mir auch wieder eine
Auferstehung vor, wo ich nur mehr Dinge mit in-
tensiven, guten Düften erfahren würde.
Diese Tatsache ließ mich zunächst tief einatmen
und ich halte vor dem nächsten Satz ein wenig inne, weil eine Fliege in meine bescheidene (Schreib-)
Stube geflogen war und mich jetzt irritierend läs-
tig, irgendwie mich ermahnend, aufhält. Damit ich
nicht da um diese Phase eine dialektische Sym-
phonie zu komponieren in Versuchung gerate.
Weil in dieser Zeit dann in Innsbruck immer wieder im Auf und Ab alles still wurde. Sodass ich
mit dem leicht geneigten Kopf nur zuhörte. Der
Welt zuhörte. Und diese im Soge fragte: „Ist jemand hier?" – der mich durch Reflexionen führt,
die für mich brauchbar sein könnten!?
Ich sah Antlitze, kantige mit eingefallenen Wangen, die Professoren waren. Die von Schicksalen

sprachen, während sie selbst blass waren. Vieles war unnötiger Staub. Und diesen also zu sehen, oft durch die nach unten rinnenden Regentropfen auf den Scheiben der Fenster, wohin der Föhn sie blies.

Ich mochte hier in Innsbruck wirklich sehen, gar verstehen, wenn auch grimmig, was mich schmollend genötigt hatte, dem zuzustimmen, was mich im Leben bis dahin verärgert hatte.

Manchmal kann das Leben ein Bastard sein, im Morgenrock aus Seide, der sich auf dem Balkon eine Zigarette gebend, zugibt, dass eigentlich alles recht schrill geraten sei.

Ich schnappte schnell die Tür und sperrte sie hinter ihm zu, bevor, an solchen Tagen mit solchen Stimmungen, schräge Antworten mir hätten gegeben werden können.

So lächelte das Leben, klatschte die Zigarette fort, und spürte den Regen... kümmerte sich folglich dann kurz um mich.

Dicke Tropfen, es gab ja ein Gewitter, applaudierten auf dem Trottoir.

„Oh, der", sagte mit seiner Stimme das Leben ein wenig missbilligend.

Aber ich war bereit loszugehen: „Ja, das ist der Job des Menschseins", dachte ich mir.

Kein Land wurde je vom vorherigen Regen überschwemmt. Es war auf jeden Fall die in mir zentrierte Ebene hier besser als die Kampf- und Bedrängnis-Ebene, die ich dort, wo ich vorher war, nur aufwendig zu ertragen schaffte!

Es waren hier in der Gegenwart keine Truppen zwar, aber sehr wohl Ebenen – meine inneren – mit Büschen, die in Flammen brannten: Ich meinte im Leben immer noch oft, mich von Aggressoren und Banditen, die nicht aufhören wollten, hinter meinem Rücken zu betonen, dass ich sie niemals ganz ausrotten würde können, befreien zu müssen.

Es waren in der Vergangenheit andere (ich rede hier nicht von meinen Eltern), die langweilig, auch mit Bärten und seltsamer Kleidung wie eine Ausrüstung, und Gehabe, die das Umfeld bestimmte, also auch mich und mir absolut fremd, die mich zu prägen suchten – mich, der die saubere und manierliche Art des Geistes suchte.

Also fing ich an zu denken – neues Spiel? neue Chancen? grüne Täler, fruchtbarere Seelenorte? Zuflucht? – und zu sehen, wie alles nach einem Plan funktionieren könnte.

Auf Felsen, um auf diesen herumzuschleichen, wollte ich nicht mehr zurück. Hatte ich ja gerade ein wenig aufrecht zu stehen gelernt. In einer Einfahrt zu einem Garten oder ein Gelände, wo undefinierbare Baumeister am Überlegen über die Stadien meines hochzuziehenden Hauses waren. Nein, mit Schmerzen gedemütigt und mit Wunden bestückt kam ich nicht hierher: ich war in eine etwas eisige Gasse eingebogen, ja, und das wollte ich untersuchen. Auch wenn ich bereits erfahren hatte, dass es Kieselsteine überall auf der Fahrbahn gibt.

Genauso befanden sich solche in meinem – noch einfältigen – Schädel.

In mir drinnen sah es noch so aus, als wäre es für mich gar schwierig einen Spiegel in der Hand zu halten. Das, weil dieser mir mein Spiegelbild, wenn er gerade gehalten, zeigen würde.

Da ich nun in Innsbruck war, fing ich an mir vorzustellen, das Meistersein der Untertanen (das mir wie ein Granatsplitter in den Beinen und im Hirn

steckte) – wenn auch per Kaiserschnitt und assis-
tiert – loswerden zu können.

Jedenfalls, was soll's, Mutter verdankt einem Kind
ihr Leben, das Kind verdankt's der Mutter, es ist
ein ewiges Kreisen auf dem Boden des einen und
desselben Kreises. Mit den nun mal dazu„gehö-
renden" Minenfeldern. Wobei man weder durch
medizinische Errungenschaften noch durch psy-
chologische Erkenntnisse befriedigend sagen
kann, warum diese gelegt.

Und man wird dadurch mitunter zum Esel, der
bockig zwar und sehr oft schwerfällig ständig um
sein Leben rennt. Man rennt und rennt, erholt
sich nie, andere bekommen Heimweh und wissen
nicht recht wonach, manche andere galoppieren
rückwärts, ohne Wissen aufgebaut zu haben, manche werden leuchtende Subjekte, bei wieder einigen ist das Ross von vornherein ziemlich tot.
Entschiedene Kapitulation peilt aber kaum jemand an.

Eingebaut in solch Metapher wurde mein Tun
und Sein – bis zum hier beschriebenen Punkt –
hektische Anstrengung. Ohne dass ich imstande
gewesen war, etwas zu kontrollieren, auch nicht
die Widersprüche, die Impulse und darüber hinaus auch manchmal die Tränen nicht.

Ich schaffte es knapp, dass es hier nicht ein An-
griff auf meine ganze Person wurde.

Meine prekär beschäftigte Gefühlslage wehrte sich
dagegen, dass so viel Einfluss auf das Ändern
meines ganzen Lebens ausgeübt hätte werden
können: Ich empfing alles auf noch völlig kurze
Sicht. Als wäre ich Zeitstudent da in der Innsbrucker Uni, auf der Psychologie, mit Abschluss Se-
kundäres Ich.

Im Grunde lernte ich – bis zum 04. Oktober dieses Jahres 2018 – nur, dass in der Regel nichts für immer ist.

Caroline Linhart

Die Landschaften der letzten Jahre oder vom Bleiben und Gehen

Offene Felder wurden von Bergen verschluckt, triste Vorstadtanlagen zersplitterten im Sand, Altbaukerne, Gassen, Kopfsteinpflaster und Kathedralen wurden mitsamt den Holzfassaden der Dörfer unter Schnee und Gletschermaßen begraben. Zu nah standen sie beisammen. Sie mochten sich anfangs, ergaben Neues. Ihre Bilder kleben nun zäh aneinander.
Verbunden, anfangs durch Landstraßen, dort wo Huflattich groß und grün die Bankette säumte und Obstfelder blühten, später gesehen durch die Fenster der Hochgeschwindigkeitszüge, zogen die Orte schneller an ihr vorüber als sie an ihnen. Das Nahe war nicht mehr zu erkennen, das Ferne umso besser. Die Berge wurden größer und steiler.
Statt mitten im Frühling fand sie sich im ewigen Eis wieder. Kleinkugeliges, körniges Eis – wieder aufgetaute, wieder gefrorene Schneemassen knirschen unter ihren Steigeisen. Bohren sich in den Untergrund, schlagen in die Vertikale und tief greift der Eispickel.
Tief fällt auch ihr Blick in den Süden, vom Hochgebirge hinab zu den mediterranen Seen und weiter ans Meer. Dort Olivenhaine neben den Schotterstraßen und sonnenwarmer Fels unter den kalten, steifen Fingern. Blutgefäße treten hervor, hervorgepresst durch die Steilheit der Wände, verbinden Organe wie Flüsse Orte.
Nachts, auf dem Fahrrad, lässt sie sich treiben. Erprobt ihren Orientierungssinn und freut sich über Straßen-, U-Bahnnetze und Zugverbindungen geflochten aus Synapsensträngen alter Bilder.

Wieder im Zug.

Wann kommst du endlich an, wird sie gefragt. In dieser einen Stadt. In diesem Haus, in diesem Land. Jetzt bleib doch da. Hier ist dein Heimatland, hier gehörst du hin. Du brauchst die Jahre, die Vorsorge. Willst du so weitermachen?

Sie lacht, packt, wird nicht lange bleiben.

Es wird kein Ankommen geben, aber das verschweigt sie.

Es mag wie eine Flucht scheinen, aber in Wahrheit ist es ein Sog.

Ist sie ganz oben, lockt das Tiefe, ist sie ganz nah, ruft das Weite. Angetrieben durch Lust am Unbekannten, spielt sie Entdecker, erforscht Begegnungen und bleibt kalt – obwohl *jetzt* ihre Zehen in heißem Sand vergraben sind, der Blick aufs Mittelmeer hinausgerichtet ist und dort, an ihrem Rücken, vervielfachen die Glasfassaden der Stadt die Sonne, strahlen Betonwände Hitze ab und sollten doch wärmen.

Sie bleibt dort. Im Süden. Zieht weiter von der Stadt aufs Land. Eingelegte Oliven, mit Eicheln gefütterte Wildschweine, kräftiger Käse und dunkler Rotwein. Bilder und Gerüche bleiben, Hängen wie Dunst über den Wäldern der Berge nach Regen. Dort wo ihr Zuhause war.

Sie bleiben in einem Eremitenkloster, halb Felshöhle, halb Holzverschlag. Verlassen, am Ende einer Passstraße, thront es über den katalonischen Bergen. Schwarz sind die Wände vom Feuer, schwarz der Boden vom Kot der Schafe. Sie verbringen dort die Nächte und auch die Tage, denn der Regen bleibt. Dort treffen sie aus dem Süden, dem Westen, dem Nordosten kommend aufeinander und kämpfen mit den gleichen Gegnern.

Die Felsen sind nass und trocknen langsam. Sie zieht weiter. Längst schon über den Luftweg, weiter in den Norden, dort graue, nebelversunkene Städte. An der Themse glaubt sie Oliver Twist gesehen zu haben, grüßt Sylvia Plath und beendet den Besuch in der alten Hauptstadt, bei den Rittern der Tafelrunde. Sie verabschiedet sich bei Virginia Woolf. Atlantikwind dann Nordseewind zerzaust ihr Haar, wo sie Hans Christian Andersen die Hand schüttelt und ihm versichert, es sei wieder Zeit, aufzubrechen.

Sie kehrt zurück, überfliegt ihre Hauptstadt, fliegt weiter in den Süden. Eine Insel im Spätsommer, braun verdörrt, gelber Fels und dunkles Wasser unter ihr. Sie reckt ihren Hals, versucht zwischen den Flugzeugsitzen nach vorne sehen zu können, wo bleibt die Stewardess. Ein kleiner, verlassener Flughafen. Sie raucht, wartet auf Busverbindungen. Noch schwindelig vom starken Tabak der letzten Zigarette, schon ein tiefer Zug aus der nächsten. Sie erreicht den Hafen. Und muss warten, die nächste Fährverbindung verlässt den Hafen erst in Stunden. Segelboote schaukeln, Meerwasser klatscht in Wellen an Betonwände und Möwen kreisen um Fischreste. Ein Lokal gegenüber, blau und weiß gestrichene Holzstreben eines schattenspendenden Vordaches, außen am Rand durchstochen von zwei Haken, das weißrote Fleisch mediterraner Kopffüßer. Die zarten Saugnäpfe schon trocken bei leichtem Wind in der Abendsonne. Sie stellt das Gepäck neben einem Tisch des Lokals ab, nimmt unter dem griechischen Vordach Platz, bestellt Wein, Oliven und Brot. Langsam wird es dunkel, Fischerboote tuckern hinaus, Weingläser

werden leer und noch immer Stunden bis zum Able-
gen der Fähre.

Was sie mache, wohin sie wolle. Sie erzählt von Bergen, Gletschern, von Eis, von Forschung, Reisen
und Vorträgen. Ah, meint der Kellner, wie interessant. Er sei auch viel unterwegs, in den Bergen, am
Fels und in Städten. Ah, sagt sie, wie interessant.

Viel zu spät fragt sie nach seinem Namen. Ihr Name
klingt anders, wenn er ihn ausspricht. Als die Fähre
einläuft will sie zahlen, wuchtet sich die schwere Tasche über die Schulter, und als er ihr wie selbstverständlich die Tasche abnehmen will, ist es ihr unan-
genehm. Er trägt die Tasche. Die ganze lange Be-
tonmole hinaus, bis zum Schiff. Ob sie wiederkom-
men werde, auf ihrem Rückweg? Ja, sagt sie, vielleicht.

Peter Teyml

Bestandsaufnahme

1)
Es gibt ein Land der Griechen: Ellada
Es gibt eine Insel namens Kephalonià.
Nicht weit davon liegt Ithaka.
Du weißt schon – Odysseus & Co.
Es ist anfangs September.
Drei Fähren liegen im Hafen von Sami
vor Anker. Die Zahl der Touristen
hält sich in Grenzen. Schulanfang,
Wirtschaftskrise?
Wer weiß es? Das Meer schlägt gleichmütig
an die Mauer neben der Mole.
„Corellis Mandoline" bedeutet ihm nichts.
Worte wie „Zeitlosigkeit" gebären sich von selbst.
Drei einheimische Männer machen sich wichtig.
Aber es ist nur ein Sturm im Wasserglas.
Bald sitzen sie wieder im Schatten und
schauen aufs Meer hinaus. Wortlos.

2)
Ich liege im Schatten der Pergola und blicke in
den weiten blauen Himmel Griechenlands über
mir. Ein sanfter Wind (Goethe) bewegt die
Zweige der Olive.
Vom nahe gelegenen Haus dringen Fetzen einer
vollendeten Arie. Maria Callas.
Hinter der Villa höre ich das zarte
Auf und Ab der Ziegenschellen.
Ich wiederhole griechische Vokabeln:
ime – ich bin, isse – du bist, ine – er ist … etc.
Ja, ich bin – Baum, Tier, Mensch, Gott.

Ja, ich bin auf einer Insel, einst von Göttern
bewohnt, heiteren, verspielten Göttern,
liebesfähig und eifersüchtig, mordend und
zeugend – noch vor der Zeit des bleichen,
gekreuzigten Gottes und den Verwaltern der
Lüge in Rom, Avignon & Konstantinopel.

3)
Keine Säule und schon gar kein Dach (Goethe),
nur die Reste der Polis auf dem Hügel,
Scherbenhaufen einer gerüttelten Insel.
Und Pans Auge streift mich im starren Blick
des Geißbocks zwischen den harten Zweigen
des Ginsters.

Sylvia Dürr

Die blaue Luftmatratze

Kurz nachdem die Sonne aufgegangen ist überm Pinienhügel, stehe ich schon am Meer. Ich will unbedingt die Erste sein. Noch vor der Hitze. Und vor allen Anderen. Dem touristischen Menschenschwarm, der bald den Strand insektenähnlich überfallen wird. Jeden Morgen im Frühsommer. Dem ich ausweiche, so gut es eben geht. Antizyklisch heißt meine Devise. Heute will ich weit hinausschwimmen. Nur ich und das Meer. Die alte Frau und das Meer, grinse ich in mich hinein. Heute ist es silbern glitzernd, ruhig und glatt wie ein wertvolles antikes Tablett. Plätschernd in einer wohlbekannten Melodie lädt es mich ein. Und ich sage nicht nein. Niemals. Und lächle. Das Meer, mein guter alter Gefährte oder eher meine treue Freundin? Seit Jahrzehnten schon.

DAS Meer. Da hat sich wohl jemand in der language vertan. Es ist alles andre als sächlich, sondern kraftvoll, aggressiv, wütend, launisch oder sanft, schmeichelnd, lieblich. All diese männlich-weiblichen Eigenschaften fallen mir ein, egal wem man sie zuordnet. LA mer. IL mare.

Ich schlüpfe aus meinen Sandalen, befreie mich von meinem Badekleid, schiebe die Badeanzugträger gerade, binde meine graublonden Haare zusammen und hüpfe über kleine Meereswellen hinein. Ich schließe kurz die Augen. Noch morgenfrisch und angenehm. Ich tauche ab. Und wieder auf. Und ab. Und schwimme hinaus. Rudere zügig mit den Armen. Hinaus, hinaus ins offene Meer.

In meine Freiheit.

Ich drehe mich auf den Rücken, schaue nach oben. Möwen. Kleine, ferne, harmlose Wolken. Und schwimme weiter. Richtung Horizont.

Vor mir entdecke ich einen Punkt. Der Punkt wird größer und blau. Ich rätsle, was das sein könnte. Bald bemerke ich, dass das blaue Etwas sich bewegt. Neugierig geworden, kraule ich darauf zu. Ich drehe mich kurz um. Das Ufer ist schon weit entfernt. Die Liegestühle dort kaum mehr erkennbar. Nun sehe ich, dass es sich um eine blaue Luftmatratze handelt. Ich wundere mich. So weit draußen. Um diese Uhrzeit. Ich kneife die Augen zusammen. Tatsächlich handelt es sich nicht nur um eine Luftmatratze, sondern etwas oder jemand befindet sich darauf. Ich nähere mich. Und nun erkenne ich es deutlich: Es ist ein Mädchen. Fast noch ein Kind. Ich winke und rufe, aber es reagiert nicht. Nun habe ich es erreicht. Es liegt friedlich auf der Luftmatratze, summt ein Liedchen und plätschert mit seinen Händen zum Takt im Wasser herum. Das Mädchen ist vom Meer scheinbar hinausgezogen worden, ohne dass es das bemerkt hat. Die Strömung hier ist nicht zu unterschätzen. Ganz schön gefährlich.

„Hallo! Verstehst du mich?! Komm ins Wasser, wir rudern zusammen zurück!" Es schaut mich geistesabwesend an. Dieser Blick. Er wirkt auf mich seltsam und irritierend. Aber ich überlege nicht lang. Es treibt offensichtlich ab und das ist ein beunruhigender Fakt. Immer weiter. Ich hätte gerne gewusst, warum es um diese frühe Tageszeit schon hier draußen ist. Mutterseelenallein. Wenn ich es nicht entdeckt hätte, nicht auszudenken, was passiert wäre.

„Komm schon! Lass dich ins Meer gleiten!"

„Es ist so schön, so weit draußen. Niemand stört. Niemand schimpft. Nur ich und das Meer."

Eine kleine Touristin, die es auch genießen will, sich weit hinauszubewegen. Das kann ich gut nachvollziehen und lächle.

„Komm schon. Wer soll schon schimpfen? Es ist noch niemand am Strand. Übrigens kannst du froh sein, dass ich dich entdeckt habe. Sonst wärst du heute Abend irgendwo in Afrika oder verbrutzelt als Sonnenopfer oder angeknabbert als willkommene Abwechslung im Haifisch- Restaurant!"

Sie lacht laut auf. Nicht ängstlich und unsicher. Im Gegenteil. Ganz schön selbstbewusst, die Kleine. Die leichtsinnige Dreistigkeit der jugendlichen Abenteurerinnen, denke ich. Ich packe sie an den Füßen und ziehe sie ins Wasser. Sie wehrt sich nicht. Wir schwimmen zurück und schieben die Luftmatratze vor uns her. Ich betrachte sie von der Seite. Ein hellblondes Mädchen mit reichlich Babyspeck, gut verpackt unter einem blaugelb geringelten Badeanzug, der irgendwie altbacken aussieht. Es hat einen lustigen Pagenschnitt, so kurz, dass seine Ohrläppchen sichtbar sind.

Es kommt mir bekannt vor. Wahrscheinlich vom Hotel.

Allerdings finden kleine Mädchen nicht sonderlich meine Beachtung. Erwachsene im Grunde auch nicht. Ich ziehe es vor, allein zu sein. Soweit sich das eben einrichten lässt.

Das Mädchen neben mir spart mit Worten, summt aber weiter sein Liedchen. Die Melodie eines altmodischen Volksliedes, das mir aus meinem Erinnerungshinterkopf zuzwinkert. Wie aus der Zeit gefallen. Wir paddeln und rudern mit Händen und Füßen. Das Ufer kommt näher. Es haben sich auch schon einige Leute am Strand eingefunden. Nun sehe ich einen Mann mit Brille, der hin und her rennt und mit den Armen fuchtelt. Auch er hat uns entdeckt und winkt wie besessen. Das Mädchen will weg und ist schon am Abtauchen, aber ich erwische es noch am Arm und lasse es nicht mehr los. Als wir das Ufer betreten, läuft der bebrillte Mann auf uns zu. Schreit irgendetwas. Von wegen, er hätte nicht hinausschwimmen und es retten können und deutet auf seine Brille. Er ist außer Atem und sichtlich erregt. Oder besorgt. Und wütend. Außer sich. Ohne ein Wort weiter zu verlieren, landet seine Hand auf dem Gesicht des Mädchens. PATSCH! Es schaut ihn stumm an und rennt davon.

Es ist sein Vater.

Es ist mein Vater.

Das bin ich.

Das Mädchen, das vor 40 Jahren beinahe ertrunken wäre. Eine Touristin hat mich damals gerettet.

Die blaue Luftmatratze liegt noch irgendwo verstaubt in meinem Keller.

Annemarie Regensburger

Über die Jahre

Über die Jahre
manches angesammelt
manches aufbewahrt
manches im Dachboden
manches im Keller
über die Jahre
noch viel mehr losgelassen
drauflos geschrieben
losgeschrieben
meinen innersten Kern hüten
frei
wie ein Vogel

Rebecca Heinrich

die nostalgie, die dich gebändigt hat

die uns gebändigt hatte
erinnert mich an die nostalgie,
die sich über uns legte
wie brennendes federwerk.

   dein gesicht, du erinnerst mich
  spiralförmig gewunden
und die nostalgie schlägt mich nieder
   mit aufgezogenem federwerk.

      aber, ich schlage zurück,
          an weggabelungen mit eschen,
             die keinen schatten spenden.
        stehe in der weite der ebene,
     vor mir dünen und sand,
           sträucher und süßholz,
      du raspelst.

doch auf dein gesicht
fällt mir keine entgegnung ein
und deinen berührungen
entlocke ich keine reaktion.

was soll ich noch erwidern,
      wenn alles, was sich hinter
      meiner iris erstreckt
      zu mahlsand geronnen ist?

aber der zähe, der schwere,
der mit dem kreuzbandriss,
der die waden umklammert,
die jugendlichen.

und ich war jung, du warst es
auch, jünger.
erinner mich an die nostalgie
die uns gebändigt hatte.

du trägst die socken
aus weinroter wolle.
von der großmutter
gestrickt, der sanfte
blick, den kannte ich
nicht. aber der stoff,
der sagt nicht
viel, das muster
hat   löcher,
durch die man
hindurchdenken kann.
porös bist du, warst
du   schon immer.
und auch ich bin
zerriebener fels,
rauer stein, aber
wenigstens nicht so
grenzenlos offen.
wenigstens nicht mehr
ich bin nicht mehr nostalgisch.
kein echo, bloß
brennendes federwerk.

also erinner mich
nicht mehr daran,
denn ich entlocke mir
keine antwort mehr.

Minu Ghedina

Meisengedicht

still ist es
keine Erinnerungspartituren die blenden
der Frühling so namenlos
wie der Winter und der Herbst
wer singt ihn ein
jeden Tag ein Verlust
wenn irgendwann mit der Stille
auch die Farbe verblasst
möchte ich
hier nicht mehr sein.

*Auszug aus dem unveröffentlichten
Lyrikband: „Im Panzerkleid"*

Claudia Wisiol

ich schweige dir eine lange geschichte

ich schweige dir
die länge
eines gesprächs
seine tiefe
und sein ende

ich schweige dir
die schönheit
eines ortes
seine vergangenheit
und seine zukunft

ich schweige dir
die bedeutung
eines schatzes
seinen wert
und sein versteck

ich schweige dir
die windungen eines labyrinths
die schritte
in dessen mitte
und ihr verstillen

ich schweige dir
die freiheit
zweier adler
ihr lautloses schweben
und ihre würde

Ich schweige dir
die farbe
eines pendels
sein schwingen
und sein gewicht

ich schweige dir
die geschichte
eines alten baumes
seine doppelstämmigkeit
und seinen geruch

ich schweige dir
die tiefe
einer höhle
ihre dunkelheit
und ihren klang

ich schweige dir
die schönheit
der geometrie
ihre geradlinigkeit
und ihre unsterblichkeit

ich schweige dir
das schreien
eines berggipfels
seine unerreichbarkeit
und seine heiligkeit

ich schweige dir
eine geste
der unendlichkeit
ihre kraft
und ihre tiefe

Ich schweige dir
die geschichte
eines menschen
sein alter
und sein gesicht

ich schweige dir
die nähe
einer seele
ihre lebendigkeit
und ihr sein

ich schweige dir
dass ich irgendwann aufhören werde
zu sterben

Rebecca Heinrich

erinnern an lebensjahre. für christa t.

festhalten. an ihr festhalten, sie nicht
vergessen zu machen, ihr herz und ihr
lachen. festhalten, sie fest zu halten,
ihren arm und ihre hand, die finger
spüren, sie klammern und schneiden
in fleisch und blut hinein. wie kann es
sein, dass sie nur noch für mich hier
sichtbar ist, sie war doch so präsent.
sie war unter uns, gesund nie
und auch nie so ganz zufrieden,
aber ist es wirklich das, was sie wollte,
oder war es nur eine illusion,
eine täuschung, geschaffen von ihr,
um uns, uns alle zu verwirren, hinters
licht zu führen, damit wir eben nicht
festhalten an ihr und sie bloß
schwachhalten. sie wollte nie stark
gehalten werden, sie brauchte keine
schulter. sie brauchte abwechslung,
sie brauchte freiheit, sie brauchte wärme.
sie brauchte licht, brauchte bestätigung,
brauchte impulse, strömungen, vor allem
brauchte sie gedanken, die durch sie
flossen wie pure elektrizität. ihre haare,
zu berge stehen sie noch heute, ich sehe
sie vor mir: die locken, die spiralen.
wie sie nach oben streben, dem blanken
nichts entgegen. das nichts, wie es dich
faszinierte, wie es dich doch bloß
interessierte, dich nicht mehr losließ,
bis es auch an dir festhielt und du es los
stießt, denn du wolltest nicht festhalten.

du wolltest schwach gehalten werden,
damit du dich selbst loslassen kannst.
dein hunger auf die welt konnte nie,
nie von den kleinen häppchen,
welche dir die zeit zu verdauen gab,
gestillt werden. selbst deine mutter
sagte kind, werde doch vernünftig,
werde doch verständig. doch
der verstand zeigte dir grenzen.
du hast sie gesehen, du hast sie
verlacht, du hast sie nie akzeptiert.
du hast sie gesehen, du hast sie
nie für dich zur kenntnis genommen.
sie sind unter dem deinen blick
wie heißes wachs zerronnen.
denn mit deinen augen sahst du
von dem wir nur mühevoll den
staub abkratzten. wir sahen nicht,
du sahst. wir wurden nicht,
du bist. wir gingen, schließlich,
du aber, du bliebst. du wolltest
nie gehen, wenn der verstand
dir das vielleicht riet, dir auf dem
silbertablett reichte. aber du
legtest dieses verzerrte ebenbild
nur spöttisch in einen schrank,
wobei du den schlüssel verstecktest,
denn du wolltest nie silbern sein
deine ambition war gold.
aber das echte, das heiße, das frisch
geschmolzene erz, damit wir nicht
an dir festhalten können, ohne uns
zu verletzen. du hingegen warst
unantastbar, auch unter gefahr,
warst ständig wandelbar, auf eine art
so unnahbar, denn du zogst mich zu dir.

du ließest es zu, aber
langsam entglittst du mir.
oder, habe ich dich irgendwann,
jemals, wirklich fest gehalten,
warst es nicht eher du, die uns ab
und an, wenn wir verlernt hatten,
was es geheißen hätte zu kribbeln
und knuspern vor weißen funken,
die uns nahm und fest hielt, nur um uns
abzustoßen, weil wir das festhalten,
ja wirklich nie gelernt hatten.
es war die zeit, sagen wir immer,
noch heute, so wie damals,
die uns jede entscheidung abnahm.
die zeit, unser metronom, nach dessen
takt wir uns bewegten und nicht nur,
sondern auch lebten.
aber, wenn die zeit es war,
die uns beschränkte, die uns festhielt,
uns an sie band mit der treue zum staat,
wie passt dann sie in unser bild,
mit ihren vor elektrizität bebenden haaren
und ihrem goldenen horizont, ihrer
von licht durchfluteten töne, von denen
sie uns immer sprach. sie sprach
der menschen seiten an, die sie furchtvoll
sowie ängstlich zuzudecken versuchten.
denn sie war der reine kontrast und
als solcher, war sie doch für jeden präsent.
oder, war nur ich die, die sie gesehen hat,
aber man kann doch nicht die erste
dichterin der farben vergessen.
ich will an ihren farben festhalten, will sie
fest halten. denn du hattest doch noch
so viel in dir, so viel vor. aber wie, sag es mir,
wurde nun doch alles für dich unbedeutend,

wurde alles federhaft, leicht, schwerelos,
alles wankend, alles wuchs über dich hinaus.
du hattest nichts dem entgegenzusetzen,
weil du doch ein mensch warst.
und menschen müssen
manchmal festhalten.
und sei es an der
kleinen, roten
blume, die du
festhälst und
du trauerst.
aber das
ist nicht
dein ende,
denn ich bin die,
die an dir festhält, ohne dich
fest zu halten. ich lasse dich los,
so, wie du es immer wolltest, so wie es
für dich vorhergesehen ist, weil du nicht hier
hinein gehörst, weil du nicht auf diese namen hörst.
und du erscheinst, auf diesem weißen blatt,
wie dich die worte zum leben erwecken, wie dich
die buchstaben bei deinem rechten namen nennen.
sie schreien nach dir, sie verlangen nach dir,
sie denken dir nach. dein grab mit den
nelkenbüschen, die du nie wolltest. es steht leer,
weil du nicht darin liegst. du stehst auf, vor den
wörtern und du badest dich im meer der poesie,
solange diese zeilen leben, solange
bist du.

Günther Peer

Unsichtbares Leben

Ein leises
Beben und Zittern
schreitet durch die Natur:
Im Morgennebel verliert sich die Spur.

Ein goldenes Blatt
verbirgt das finstere Gesicht
im Lichtermeer:
Still und menschenleer.

Hörst du den Ruf des Lebens?

Erich Ledersberger

Vom Sinn des Lebens

Der Mensch fragt. Als kleines Kind immerzu, was für die Angesprochenen recht anstrengend ist. Wird das Kind größer, treiben immer mehr Menschen ihm das Fragen aus. Denn Fragen verlangen nach Antworten und meistens kennt niemand sie.

Der Satz „Ich weiß nicht" gehört zu den am wenigsten geachteten Weisheiten dieser Welt. Selbst Behörden, die nichts und niemanden auf dieser Welt fürchten, nehmen ihn nicht in den Mund, sondern greifen zu der amtlichen Formulierung: „Das fällt nicht in unsere Kompetenz."

Sokrates, der griechische Provokateur, trieb die Weisheit auf die Spitze und wurde für arrogant gehalten, als er sagte: „Ich weiß, dass ich nichts weiß."

Der Schierlingsbecher brachte schließlich wieder Ruhe in das alte Athen und auch heute noch wird ein Schüler, der am Ende einer Prüfung diesen philosophischen Satz zitiert, eher für einen Widerspenstigen gehalten als für einen Weisen.

Trotz aller Missbilligung so naiver Fragen des Kindes wie: „Warum bin ich auf der Welt?" bleibt in den später Erwachsenen die Sehnsucht nach Antwort. Jeder Mensch will einen Lebenssinn haben.

Dieser mag sich ändern, aus der naiven Frage des Kindes wird vielleicht die Frage: „Warum liebt mich dieser Mensch nicht, warum muss ich jeden Morgen ins Büro?" Manches lässt sich leicht beantworten, manches schwerer und, das größte Problem, manches gar nicht.

Ins Büro muss er, weil dort seine Kunden warten und er die Miete pünktlich bezahlen muss. Dass ihn dieser Mensch nicht liebt, liegt an seiner Frisur oder daran, dass beide immer streiten.

Nun kann man diesen Fragen auf den Grund gehen, um eine Erklärung für das Scheitern einer Liebe zu finden. Ein ganzer Berufszweig lebt von den Versuchen, diese und andere Fragen zu beantworten. Woody Allen hat seit Verlassen des Kindergartens mehrere Psychoanalytiker verbraucht und dennoch keine Antwort gefunden. Trotzdem macht er witzige und intelligente Filme und fragt sich dazwischen vielleicht, warum er Mia Farrow ehelichte.

Aber was ist mit jenen, die sich keine Therapeuten leisten können? Und mit jenen, die keine Zeit haben? Sie wollen Antworten auf ihre Fragen, warum sie trotz des vielen Geldes nicht glücklich sind oder der Haushalt sie ständig gefangen hält.

Und so grübeln die Managerin nach dem kurzen Aufenthalt beim Sado-Maso-Boy und der Alleinerzieher beim Aufhängen der Wäsche, was ihr Lebenssinn sei. Genauer gesagt, fragen sie nicht mehr nach dem Sinn, sondern nach der Bedeutung ihres Lebens. Im Laufe des Erwachsenwerdens haben sie bemerkt, dass sie ihrem Leben keinen Sinn geben können, also beharren sie verbohrt auf der Möglichkeit, ein anderer könnte ihm wenigstens eine Bedeutung geben. Die heutige Zeit verlangt ja nicht nach dem Sinn eines Lebens, sondern nach dessen Bedeutung.

Bedeutend ist beispielsweise jemand, der alleine von Großbritannien nach Amerika segelt, weil darüber in allen Medien berichtet wird. Natürlich ist das ein ebenso sinnloses Unternehmen wie ständig im Kreis zu fahren oder einen kleinen Ball so lange über ein Hindernis zu schlagen, bis der Ball entweder künstliche Linien überschreitet oder der Gegner ihn nicht mehr zurückschlagen kann, aber es erspart den Bedeutenden immerhin die Frage nach dem Sinn.

„Ich weiß nicht, was soll ich bedeuten?", fragt sich der Alleinerzieher, wenn er, die Kinder sind außer Haus, zur Flasche greift. Nun, dass dein Leben unbefriedigend ist, wird die Managerin vorlaut sagen, weil sie keine Ahnung vom Haushalt hat, während sie an ihrem Cognac nippt und dasselbe Rätsel lösen will.

Wie ein Deus ex Machina erscheint nun der Astrologe. Alles hat für ihn einen Sinn, alles eine Bedeutung und die steht in den Sternen.

Ich habe einen Freund, der betreibt dieses Metier seit vielen Jahren. Ich kenne nur wenige Menschen, die eine derart unerschütterliche Freude und Lust am Leben haben. Das liegt daran, dass mein Freund auf jede Frage eine Antwort hat. Bin ich krank, sieht er in seinem Computer nach – er ist ein moderner Astrologe – und gibt mir die Antwort.

Der Sowieso überquert meinen Dingsda und weil mein Quak im Haus Hupsi steht, wirkt sich das eben so aus. Das Schöne an alldem: es stimmt. Auf meinem Horoskop ist deutlich zu sehen, dass der Quak über meinem Sowieso steht. Ist es da ein Wunder, dass ich krank bin? Nein, alles hat seinen Sinn und meine Krankheit eine Bedeutung. Also bin ich.

Wer Astrologie für Humbug hält, kann sich bei anderen Esoterikern schadlos halten. Sehr beruhigend ist beispielsweise die Lehre vom Karma, da hat man überhaupt keine Verantwortung mehr zu ertragen, weil sich alles aus den früheren Leben erklären lässt. Selbst die Ermordung der Juden lässt keine Rätsel aufkommen, weil die in ihren früheren Leben so viel Unheil anrichteten, dass sie von anderen Bösen umgebracht wurden. Jeder Krebskranke erträgt sein Leid mit diesem Wissen leichter, schließlich ist es nur gerecht, dass er nun für seine früheren Sünden Buße leistet. Macht nichts, im nächsten Leben geht's wieder aufwärts. Für Neugierige gibt es Rückführungen in die alten Leben, Männer werden zu Frauen, Opfer zu Tätern und alles ist ein einziges Kuddelmuddel.

Wem diese Auffassung zu anstrengend ist, der kann mildere Formen der Problembewältigung wählen, etwa die Ausländer. Wären sie nicht da, hätten wir 100.000e Arbeitsplätze mehr. Keine Ehe würde mehr scheitern, weil des Einheimischen Ehre Treue heißt. Unsere Kinder würden behaglich und friedlich in einer sozialen Wohnsiedlung ohne Ausländer aufwachsen, in den Schulen sich alle verstehen, weil sie die rechte Sprache, nämlich die deutsche sprechen.

Ob das der Sinn meines Lebens ist? Ich weiß nicht. Irgendwie reicht's auf Dauer auch nicht als Antwort.

Gestern hat mich meine Tochter gefragt, was ich machen würde, wenn sie nicht auf der Welt wäre. Ich habe gesagt, dass ich dann weniger Wäsche zu waschen hätte und mehr Zeit, über den Sinn des Lebens nachzudenken. Und deshalb bin ich froh, dass sie auf der Welt ist.

Sie freute sich auch.

Thomas Schafferer

Wolfgang Nöckler

Barbara Zelger
Benjamin Stolz

Paul Fülöp

Julia Costa

Siljarosa Schletterer

Miriam Unterthiner

Laura Mautone

Sonja Steger

Erika Wimmer Mazohl
Sonja Schottkowsky

Julia Rhomberg

Nicola Camillo Menna
Matthias Schönweger

aus dem regengrauen alltag abfahren, um
aufzutanken
die literarischen speicher, bereichert durch
grenzerfahrungen
abgelaufene Wege vermeiden, um neue zu finden
durch Asphaltflüsse gleiten, mit rostenden
Stahlschlangen schwimmen
wir wandern über den Regenbogen in sonnig-
poetische Höhen
in den Gesichtern die Straßen das Zittern die
Nebel die Lichter das Herbstlaub die Schichten
selbst bei Regen bleiben steinerne Stege schön
auf den Promenaden den Poetischen
aus dem Damals ins heranwachsende Wachsende,
ohne Wachs-Ende
nelle pieghe gli anni, il sole spunta tra le gocce,
risale il tempo
am weg des salamanders tragen wir kastanien
im magen
O Regen! Wäscht Erinnerung und mich und dich
Gemeinsam neue Welten entdecken, um innere
Welten zu verstehen
Esik eső egyre másra, máma reám holnap másra,
de csuhaja
Erinnerung ist ein Treffen in einer parallelen Welt
SCHREIBE SCHREIBE SAGE SAGE sage und
schreibe

*Entstanden im Zuge des „Literarischen Ortswechsels: Meran
2018" der IG Autorinnen Autoren Tirol in Kooperation mit
der Südtiroler Autorinnen Autorenvereinigung (SAAV)*

Angela Jursitzka

Über die Jahre:
Viele Worte um Wortloses

Über die Weisheit des Alters könnte ich schreiben, unter dem Motto: „Probieren geht über studieren." An sich wäre ich lieber noch beim Studieren. Nun haben mich jene Jahre eingeholt, die zu erreichen mir einst eher Strafe denn Gnade schien. Ich merke, dass ich immer ungeduldiger werde. „Früher" wurden aber auch die Kartoffeln früher weich. Ich musste längst nicht so oft mit der Gabel herumstochern, ob die Knollen endlich gar sind, bis sie aussehen, als wäre eine Kolonne Alpen-Tausendfüßler mit ihren *G'nagelten* drübermarschiert.

Selbst eine Kurzvita bereitet mir Probleme. Curriculum Vitae, so viele Jahre bereits durchlaufen: *1938 geboren in Böhmisch Leipa, 1946 vertrieben aus der Heimat, hinaufgefahren ins beängstigend gebirgige Tirols, hinabgestiegen in den Abgrund der Sprachlosen, verlassen von der seelenwunden Mutter, 1948 aufgefunden vom im Krieg verschollen geglaubten Vater, verheiratet seit 1958. Längst Tirolerin mit Leib und Kehle, wohne ich in Innsbruck.* „Heimat besteht aus vielen Einzelheiten, ehe sie dein innerstes Wesen ausfüllt" – zitiert aus „Tirol vor 2299 Jahren".

Mit jedem Buch schrieb ich in mich hinein, um mich dann mit einer Erzählung freizuschreiben. Zunächst jedoch erzog ich meine Kinder zu klugen Menschen. Trotzdem betrachte ich mich nicht als „spät berufene" Schriftstellerin. Wenn ich von einem spät berufenen Priester lese, verstehe ich's im Sinn einer späten Mission. Ich setzte mich wahrhaftig nicht hin, weil ich Schriftstellerin werden wollte, mich gar auserkoren fühlte. Das Gefühl, ein neues Buch in Händen zu halten, wurde freilich zur Sucht.

Jedes Buch ist ein Moloch, gnadenlos zeitverschlingend. Moloch, so wird der Dornteufel genannt. Fasziniert verfolgte ich in einem Tierfilm, wie sich die mit Dornen bewehrte Echse schwankend fortbewegt, vorwärts und rückwärts, langsam, zögernd, ähnlich des üblichen Verlagswesens.

Wie mir die Zeit verflog beim Schreiben! Meiner Erinnerung entnahm ich den metallischen Anhauch von Schnee, versetzte mich in die Vergangenheit und vergaß die Gegenwart. An die Zukunft dachte ich oft, doch es war jene des tagenden Buches. Dazu gehörten Tausende von Leerzeichen, gefüllt mit unermesslich vielen Ideenfolgen. Um manche Worte bemühte ich mich, als wollte ich sie in Stein meißeln.

Wie sich die Dinge im neuen Jahrtausend gleichen! Ob Felsritzungen oder Facebook, abstrakte Zeichen benutzten Menschen seit Jahrtausenden für ihre Botschaften. VESI ELVAS AVEKER AKVE – im wahrsten Sinn des Wortes verewigt, eingeritzt im Fels auf dem Schneidjoch neben einem Quellenheiligtum „Hier hat Elvas Wasser geschöpft." Was zählen schon unsere Schriften gegen die Zeitspanne dieses Satzes? Botschaften im Facebook betreffen eher die anregende Nachricht, wo jemand sein Wasser gelassen hat.

Zum ersten Mal auf unvergängliche Worte stieß ich in meinem Poesiealbum. „Wenn meine Hand im Grabe ruht und ist schon längst verwesen, dann kannst du noch auf diesem Blatt meine eigene Handschrift lesen!", schrieb eine Schulfreundin. Ich habe ihre rechte Hand oft betrachtet und mir vorgestellt, wie sie wohl aussehen mochte, später, in Verwesung übergegangen. Damals regte sich die unbestimmte Sehnsucht, ein ähnlich tiefschürfendes Opus zu schaffen.

„Du bist eben eine Künstlernatur", amüsierte sich mein zukünftiger Mann vor mehr als 60 Jahren. Wer denkt schon vor der Ehe über die Bettkante hinaus? Sagt, was ihr wollt, ihr ahnungslosen, von keiner Sucht getriebenen Verliebten: Künstler- und Säufernaturen ändern sich nie!

Es ist mir gelungen, Verlage in Eigenregie zu vereinnahmen – darunter zwei Missgriffe – und Buchvorstellungen durchzudrücken. So viele verlorene Worte in die Verlagswelt hinausgeschrieben! Fehlschläge stärkten meinen Charakter, Erfolge wieder das Selbstbewusstsein. Ich stehe am Ende eines langen Weges. Journalisten oder gar verdiente Schriftsteller müssen nach wie vor mit Lettern ums tägliche Brot kämpfen. Manche beneide ich gleich den Zeugen Jehovas um ihre unerschütterliche Weltanschauung. Andere übertreffen alle Horrorszenen eines Gruselschockers, wenn sie nach ihrem Ringen um Worte ein Schlachtfeld hinterlassen. Viele Worte um Wortloses, und vielleicht sollte ich mit Herzblut nur mehr Kreuzchen auf den Lottoschein setzen? Nein, ich richte mich besser nach Beethoven! Er wurde taub und komponierte trotzdem weiter.

Sehr geehrte Damen und Herren!
Heute, um 8 Uhr Früh, war es überstanden: Es ist da! Ich fühle mich noch etwas erschöpft, durchaus verständlich nach einer Niederkunft. Und kaum wage ich zu sagen, was mich dieses Ereignis lehrte, das

auch für Sie ein freudiges sein sollte: je tiefer schürfend die Befruchtung, desto leichter ist die Entbindung. Ich wünschte, Sie könnten mein Jüngstes jetzt sehen und gleich mir liebevoll betrachten. Nie zuvor hielt ich Schöneres in Händen. Habe ich ein Wunder vollbracht?

Weshalb aber quälen mich plötzlich Zweifel? Solang ich mit ihm schwanger ging, kam es mir schwerwiegender vor. Mein Stolz und mein ganzer Zukunftsglaube – eine Missgeburt? Nein, ich bleibe weiterhin guter Hoffnung. In diesem Zustand befinde ich mich fast immer. Alle Arten der Erfüllung lösen Nachwehen aus.

Ich beruhige mich und versuche, sachlich zu bleiben. Tut mir leid, du bist zwar einigermaßen ansprechend, die Welt jedoch erschüttert deinesgleichen selten. Hoffen wir, dass du deinen, von mir vorgeschriebenen Weg gehen wirst. Leider bringe ich dich schlecht an den Mann, weil du mein Erbe in dir trägst, bestimmt für ein seelenvolles Innenleben. Eher fänden sich künftige Liebhaber, enthielten deine besten Seiten die pflichtgemäßen Orgasmen.

Wo finde ich jemand, der dich aus der Taufe hebt und dir seinen Segen gibt? Zuerst muss ich die Geburtsanzeige aufsetzen.

An den Verlag XY: Sehr geehrte Damen und Herren...

Christian Kössler

Ich bin ein Literatorwart

Nun ist es beileibe kein Geheimnis, dass Fußballer immer wieder, mitunter auch tatkräftig unterstützt durch schreibgewaltige Co-Autoren, unter die Literaten gehen. Was aber, wenn Schriftsteller den Spieß umdrehen und sich selbst auf den grünen Rasen wagen? Vertragen sich spitze Feder und rundes Leder? Sind die Magier der Worte auch Zauberer am Fußballplatz? Trifft man nicht nur am Blatt den Punkt, sondern auch von diesem? Kann man am Feld seine Geschichte, eine Geschichte, überhaupt Geschichte schreiben?

Die Antwort liefern seit Jahren europäische Fußball-Autoren-Nationalteams, die sich entweder national oder gar international am Rasenviereck ein sportliches Stelldichein geben und so den Acker dicht mit dichterischer Seele erfüllen. Von Schottland über Deutschland und Italien bis nach Israel spannt sich der Bogen Schreibender, die neben ihrem schriftstellerischen Animo statt des richtigen Wortes ausnahmsweise dem Synthetikleder hinterherjagen, 2010 gar in Form einer Literaten-Europameisterschaft im nordrhein-westfälischen Unna. Oftmals knüpfen sich Lesungen und Veranstaltungen an diese Begegnungen, verwischen so Grenzen zwischen Sport und Literatur, werden Sprach- und Kulturbarrieren im positiven Sinne überschritten und neue Bekanntschaften geknüpft.

2006 bestritten die österreichischen Autoren ihr erstes Ländermatch und seit damals absolviert dieses Team in wechselnder Zusammensetzung regelmäßig Turniere, Freundschafts- und „Länder"-Spiele. Seit 2009 stehe dabei auch ich immer wieder als Torhüter, als „Literatorwart" zwischen den Pfosten und durfte dabei über die Jahre internationale Literaten-Fußball-Luft atmen – ob im mit Klorollen übersäten Strafraum von Laibach, unter sengender Schweizer September-Sonne in Basel oder anlässlich eines Dezember-Gastspiels in der Ewigen Stadt, in Rom…

Matches gab es aber auch am Wiener Sportclub-Platz oder in der Grazer „Gruabn", beides ehemalige, legendäre Spielstätten der österreichischen Bundesliga. Um ein Haar hätten wir auch in meiner Tiroler Heimat im neuen Innsbrucker Tivoli-Stadion gekickt. Ein verdammtes, sehr dünnes Haar, denn eine bitterböse Schlechtwetterfront am Vorabend machte diesem möglichen Leckerbissen einen dicken Strich durch die Rechnung, verbannte uns auf den benachbarten Kunstrasen-Nebenplatz und somit von der fußballerischen Côte d'Azur weit weg an die Beringstraße.

E alla mia squadra io gli voglio bene
Anche se non vince mai

(Ermal Meta in „Io mi innamoro ancora", 2017,
aus dem Album „Non abbiamo armi")

Ich kicke gerne in meiner, dieser Mannschaft und wir sind weit davon entfernt, immer nur eine auf die Mütze zu bekommen. So mancher Sieg steht auf unserem Konto, 2013 errangen wir beispielsweise beim Turnier „Fortgewandt – Wortgewandt" in Rosegg/Kärnten den ersten Platz.

Die letzten Ländermatches verliefen, „ich sag' mal so", nicht unbedingt ganz nach Wunsch. Doch kaum ein anderer Fußballliterat Europas dürfte traditionell derart lustvoll und mit einem Augenzwinkern leiden als der heimische. Und seien wir doch ganz ehrlich: wer, wenn nicht der kickende Schriftsteller, kann die unterschiedlichsten Spielergebnisse und -verläufe letztlich so wunderbar deuten, interpretieren und mit staubtrockenem Humor kommentieren? Da sind wir Österreicher fürwahr Weltmeister!

Im Lichte der Existenz einer Fußball-Autoren-Nationalmannschaft wäre aber durchaus auch denkbar, sich auf die österreichische Sporttugend selbst, das förmlich jedem und jeder in die Wiege gelegte Skifahren, zu besinnen und parallel ein entsprechendes Winterteam aufzustellen. Was wäre hier doch für eine wunderbare Dominanz möglich? Langlaufende, ski-springende, „biathletisch" agierende Literaten aus dem Herz der Alpen – dominant auf Jahre und dabei meilenweit keine Konkurrenz in Sicht. Wenn sie denn dann doch auftaucht, wird sie vermutlich ermattet zerschellen an den schier unüberwindbaren Klippen der fast schon episch anmutenden Überlegenheit österreichischer Skifahrerkunst.

Und, ja: Im Gegensatz zum Fußball gewinnt beim Skifahren für gewöhnlich, wer die rasanteste Talfahrt hinlegt.

Isabella Krainer

tiergestützte therapie

erinnerung an lücke

wenn das so weitergeht
vergesse ich mich

esel an brücke

i
a

Zeit los

Unter
den Dächern der Zeit
... steht ein Knabe als Mann

… und
schreibt mit dem Gedanken
das Leben in die Nacht

… ganz
ohne Brille
kann er alles lesen

… während
die Vergangenheit
hinter Wolken verschwindet!

Isabella Krainer

alles umdrehen

hosen
taschen
taschen
bücher

sehen
ob jemand herausfällt
oder wenigstens
etwas

von dem
unaussprechlichen
das sich
einschreibt

über die jahre
untertags

Minu Ghedina

Herbst

ich sitze im Garten
noch ist er grün
aber es riecht unabwendbar nach Herbst
ein anderes Licht wird
morgen schon
durch die Blätter flirren
nicht wie im Frühling
als der blühende Ginster
ach, der Ginster
uns berauscht hat
in deiner Nähe, du weißt es
war das Atmen ganz leicht

Auszug aus dem unveröffentlichten
Lyrikband: „Im Panzerkleid"

Angelika Polak-Pollhammer

bin a winterkind und
kriag a winterkind
nache
wenn der wind blast
um d hitte
wenns fuijr in ofn
nimmer ausgeaht
zwischn weihnachtn und nuijahr
in uaner vo die raunächt
vielleicht

du mei winterkind
wearsch
aubliehn in frühling
dih austobm in summer
mit die blattln spieln in herbscht
dih gfrebm aufn winter
wia ih
und vielleicht irgendwann
gibts nache wieder

a winterkind

*Aus „fiarn wind gnuag platz
darzwischen", Kyrene 2018*

Monika Grafl

Winterreise im Zug

Milchschaum am Himmel
blaue Dünen Schnee
das Braun der Bäume
bezeugt die Erde
Flüsse und Bäche
sind liebgewordene Augenblicke
Land Salzburg
in trügerischer Unschuld
Sehnsucht nach einem ruhigen Café
in einer Heimat Stadt

Barbara Zelger

Gedanken hin und zurück durch Orte und Zeiten

In meiner Vorstellung ein Spaziergang durch Salzburg an einem nebelig trüben Januartag. Er führt vom Bahnhof zur Residenzgalerie, in der ich mir in meiner Imagination ein Bild ansehe, das ich vor Jahren in einem Workshop mit der Schriftstellerin Julya Rabinowich beschrieben und gedeutet habe. Das Bild zeigt *Dame und Herr auf einer Terrasse* von Barend Graat, einem holländischen Barockmaler. Dargestellt ist ein Herr, den ich im Folgenden Adam nenne, der einer Dame, Eva, einen Apfel geben will. Sie allerdings nimmt sich selbst einen Apfel. Im Hintergrund ist eine nackte Frau im Park erkennbar, eigentlich eine steinerne Statue.

Ich denke an meine Zeilen, zu welchen mich die Kursleiterin durch ihren Bildvorschlag inspirierte:

Auf eine Terrasse begeben sich am Sonntag Dame und Herr, Eva und Adam. Verheiratet sind sie, ja, das sind sie. Sie trägt ein hellblaues Kleid, das Falten wirft. Durchsetzt ist es von roten Schleifen an den Ärmeln. Evas blasse Hand ihres langen linken Armes hält einen Teil des aufwändigen Kleides hoch. Die Farbe der roten Schleifen im Kleid wiederholt sich in denselben im Haar und im roten Kissen auf dem Sessel. Beißt sich mit Evas naturrotem Haar. Wiederholt sich in der einen Hälfte des Apfels, den Adam ihr, Eva, reicht. Den sie, Eva, nicht annimmt. Nein, Eva nimmt den Apfel aus der Hand des Mannes, ihres Mannes, nicht an. Greift sie gerade selbst zu einem Apfel? Ist nicht ihr Blick wie der ihres Gatten nach vorne gerichtet, zum Betrachter hin? Steht denn vorne ein anderer? Gibt es einen anderen für sie? Und er, Adam?

Sieht auch nach vorne zwar, doch ist in Gedanken bei einer anderen Frau. Eine nackte Frau zwischen den Bäumen. Ihr möchte er, Adam, den Apfel reichen. Sie würde ihn nehmen aus der Hand, aus seiner Hand. Doch er, Adam, hat sie, Eva, geheiratet. Man hat es von ihm erwartet. Von ihr erwartet. Mein ist er nicht, doch mein, soll er das sein? Mein ist er nicht. Ist er doch? Geheiratet hat er mich. Denkt Eva. Manchmal. Nachts. Wenn sie die Gedanken des Gatten, an ihrer Seite, woanders weiß. Manchmal.

Nun stehe ich in meiner Fantasie also vor dem Bild, das in mir so viele Gedanken schon ausgelöst hat. Fühle mich versetzt in eine andere Zeit, sehe mich da stehen vor diesem Bild, vor anderen Gemälden in dieser Galerie, sehe Menschen wandeln durch Räume und durch ihre Träume. Stelle mir vor, wie ich nachher wieder durch Salzburgs überfüllte doch wunderschöne Gassen gehe, mich umdrehe, Kaffee trinke und eine ganz besondere Mozartkugel esse, nicht eine der bekannten weltweit übermarkteten, einen Unterschied schmecke, den handgeschöpften. Erinnere mich aus der Ferne, gerne, wie ich vor Monaten durch diese Stadt geschlendert bin, sehe die Cafés vor mir, in denen wir gesessen sind, zu zweit, Finger ineinander verkeilt, zehn oder fünfzehn, durch eine schöne Stadt spaziert. Für die Galerie war damals keine Zeit, keine Muße, für den Dom jedoch, den Mirabellgarten, den Flanierweg entlang der Salzach. Erinnere mich an den kleinen Obstladen, den wir betreten haben, um uns kräftige rotgelbe Äpfel zu kaufen.

Meine Gedanken springen zu einem Apfelbaum mit Früchten, die knallrot leuchten zur herbstlichen Tageszeit, während abends dahinter der Latemar in feinen Rotnuancen erstrahlt. Es ist ein alter Baum im

Dorf meines Opas, in Kampenn über Bozen, und steht vor einem kleinen Bauernhaus, das im fernen Mittelalter erbaut worden ist. Kenne den Baum seit meiner Kindheit schon, als wir unsere Äpfel immer von diesem Hof geholt haben. Nun sind fast alle mir bekannten Bewohner des Hofes bereits verstorben, mit ihnen viele Erinnerungen an verschiedene Kindheiten, lang zurückliegende. Habe als Kind stets Geborgenheit gefühlt in dieser Einsamkeit. Ein Sohn aber lebt noch da, immer schon ist er da gewesen, immer schon habe ich ihn gekannt, und von ihm lasse ich mir auch jetzt Geschichten erzählen, mich in die Vergangenheit führen, in die eines Landes, das mein *eigenes* ist, was auch immer das heute für eine Europäerin bedeuten mag, weisen lasse ich mich, so pathetisch gesagt. Wähne mich im vorigen Jahrhundert, wenn ich mich in diese eine Küche setze, mir Kastanien braten lasse, höre Geschichten, einer sanften Stimme zu. Erinnere mich wieder und wieder an diese Bauernstube, die Spaziergänge durch bunte Wälder, das Aufheben von heruntergefallenen Kastanien, in die wir Stäbchen gestochen, uns Pferdchen gebastelt haben oder Igelchen. Erinnere mich an den Duft von Äpfeln und Kastanien, milchig gerührten Kastanienreis, wohlig an zu Hause, das Dorf eines Opas, den ich nicht gut genug kennenlernen konnte.

Meine Gedanken hüpfen wieder in das Salzburg meiner Vorstellungen, weil mich die Äpfel Kampenns an die im kleinen Obstladen erinnern. Auch die Äpfel Graats haben sich als starkes Bild mir eingeprägt. Würde ich nach dem Museumsbesuch in den Laden zurückkehren? Würde ich dasselbe Café betreten? Das so anders ist als die Kampenner Gasthäuser. Würde ich über den Museumsbesuch nachdenken, bei Kaffee und Mozartkugel mein Smartphone zur Hand nehmen, „Museum" googeln? Ein Heiligtum der Musen ursprünglich, vom griechischen *mouseîon* rührt das Wort her. Nie habe ich Muse mit Museum in einen Zusammenhang gebracht, so naheliegend dies mir nun auch scheint. Wie viele Museen habe ich gesehen in wie vielen Ländern, Städten, wie viele Ausstellungen besucht, dauerhafte, zeitlich begrenzte. Wie oft bin ich durch hohe Hallen marschiert, an Graphiken, Skulpturen, Gemälden vorbeigelaufen, an anderen stehen geblieben, lange oder auch nur kurz. Am längsten würde ich wohl vor Barend Graat stehen bleiben, ein wirklicher Besuch der Residenzgalerie scheint mir nun unumgänglich.

Thomas Schafferer

bekenntnisse der lebendigkeit

tausende, abertausende gedichte aus mir
pinseln, wie bilder aus mir spachteln
jahr für jahr, jahrzehnt um jahrzehnt aus
dem meer der erinnerungen tropfen
lassen, geschichten aus dem leben
skizzieren, eindrücke transformieren
artifizieren zu allgemeingültigen
ausdrücken, erkenntnissen, zeugnissen
die mit der zeit und der zeit und der
zeit vielleicht bedeutung erlangen und
in den galerien, in den museen hängen
werden, nicht mehr ignorierbar, als
bekenntnisse der lebendigkeit

*Aus dem Gedichtband „25 Poems, Gedichte, Poèmes,
Poesie, Poemas. 25 Jahre Poesie von Thomas Schafferer
in 5 Sprachen", Zirl: Edition BAES, 2017*

Siljarosa Schletterer

mosaik über die jahre

I
schick ich dir **herzensbilder**
schweigst du
mir den morgen bunt

in der welt unsrer sprache
sind wolken eine botschaft
von dir

greif ich nach worten
pflückst du sie über die jahre
vom himmel herab

II
in tage geträumt

deine skizzen
          entworfen verworfen und wieder verbrannt
          es bleiben geschwärzte stunden

und deine zeit
          vergangen befangen und wieder belebt
          nur dein hauch von erinnerung bleibt

ich hab geträumt versäumt und bin wieder erwacht
          aus dem trug unsrer schlüsse
          in die flucht voller fragen

was bliebe

III

ich fand alte träume wieder
vergangen vergessen verstaubt

frag ich: was ist passiert mit euch
haben euch andere weiter gedacht
nach jahrzehnten antwortest du: **wieso**

über die jahre
vergangen vergessen verstaubt
nur so fand ich unsre träume wieder

Thomas Schafferer

verwundet & verwundert

nach all den jahren immer farbenprächtiger
reichhaltiger, statt grauer und staubiger
immer rauer und wilder werden, immer
couragierter und demütiger, gütiger und
trotziger, rotziger denen gegenüber, die es
verdienen, denen die stirn bieten, denen
unverhohlen die meinung sagen, den arsch
versohlen, hinhauen und lospreschen
tausend dinge wagen, in schwere see
stechen und jene nicht vergessen, die es
schwerer haben, jenen beistehen und kraft
geben, jenen gehör schenken, beharrlich
mut machen und die wirklich wichtigen
dinge, die herzvollen sachen beachten
aber manchmal innehalten, um mich zu
erinnern, woher ich kam, mich besinnen
wohin ich gehen, weiter wandeln will
weiter blicken möchte, um mich zu
verrücken, aus dem banalen, aus dem
normalen, um neugierig und erdverbunden
liebestoll und gefühlvoll brücken zu bauen
um gerecht und echt, leidenschaftlich und
herzlich quer zu lenken durch kunterbunte
lebenslagen, um nach all den jahren, zwar
vom dasein verwundet, doch noch immer
verwundert von der welt, mein strahlen
niemals zu versenken in pechschwarzen
tagen, in einem staubgrauen trümmerfeld

Monika Grafl

jeden Tag leben
als ob es der letzte wäre
mit euch zusammen
und nicht traurig sein
wegzugehen
nur die Erinnerungen
manchmal
- - -
ein gläserner Schmerz –
die vergangene Zeit
ist nicht mehr gültig

Wolfgang Nöckler

Jahre, über
dacht

so ziehen wir nun unsre kreise
einmal laut & einmal
still
wo wir singen unsre weise
bleibt ein fleck
der heißt
gefühl

Er dachte nicht gerne darüber nach,
wo er etwas schon gehört oder gesehen hatte, da
er sich nie sicher sein konnte, ob es in der Wirklichkeit oder doch nur einem Traum geschehen
war. Lieber beließ er es bei dem Gefühl ständiger
Déjà-
vus. Er wollte sich nicht erinnern an seine Fehler,
und was passiert war, was ständig passiert war, das
ließ er vorbei sein. *Verbissen* vorbei, doch er ließ
sich nichts anmerken. Denn so ein Mensch war er:
einer, der sich nichts anmerken lässt.

Wie geht es dir, war zu der Zeit eine häufig ge-
stellte Frage. Kurze Antworten die Regel. Man
hatte sich viel über die anderen zu sagen,
doch wenig über sich selbst. Die Nichtanmerker
waren in der Überzahl. In der Luft lag ein fort-
währendes Brodeln, es knisterte, Blitze ab und zu
und Stiche, Schreie, dann dumpfe Ruhe. Alltag. Er
dachte nicht gerne darüber nach, was passierte.
   (Noch konnte man es schwer vorbei sein lassen.)
Er dachte an seine Haut. Gerettet, arm, oder an-
dersfarbig?

Er dachte an seine Winzigkeit als Rädchen und daran, dass die Maschine zu groß war, als dass es *wirklich* etwas ausgemacht hätte, wenn er willentlich aus den Angeln gesprungen wäre – nichts wäre passiert, er war kein Herzteil, keine Arterie, die platzen hätte können. Half stillhalten? Half helfen?

Menschen, dachte er, können mit Meinungen nicht umgehen. Sie erkennen nie, ob es ihre eigenen sind oder die von anderen. Sie erkennen nur,
wie
sie
wo
wirken und wenden sie wendehälserisch an, wie sie es grad brauchen. Er wusste, wovon er da dachte, er war selbst einer von ihnen. Und längst nicht mehr in der Lage, sagen zu können, was er falsch fand und was schön. Aber was gerade angebracht war, was gewünscht, das hatte er im Gefühl, im Urin, der stank wie der
von allen. Er war einer im Strom, und das ließ ihn nicht los. Nachts träumte er sich frei, morgens warteten die Kostüme, und er machte mit, jahrelang. Es ist bequem, dachte er in nüchternen Momenten, es ist sicher

in traurigen. Dann traf er jemanden, der ihm die Frage anders stellte. Er war erschüttert. Das gab es noch! Die neue Schwingung ließ ihn plötzlich anders hinschauen. Nicht, dass er eine klare Antwort geben hätte können, doch er begab sich seit langem wieder ernsthaft auf die Suche. Irgendwo mussten Fenster sein, irgendwo die Tür. Die Zeit

beinhaltet immer alles, ob sich das *Richtige* finden lässt, hängt davon ab,
wie   eng
sie gerade ist. Und ob die Definitionen präzise vorbereitet sind. In seinem Fall waren sie das natürlich nicht, und er rannte sich diverse Köpfe an diversen Türen an, die nur offen schienen oder plötzlich verschwunden waren. Es machte ihm etwas aus, aber er spürte sich, immerhin spürte er sich. Ich muss nicht *verbissen* sicher sein, dachte er. Ich bin es, auch ohne nach allen Seiten auszuschlagen. Das machte ihn seltsam frei.

Er hatte noch nie von Gandhi gehört und dass offene Freundlichkeit meist als Provokation verstanden wird, wollte er nicht glauben. Vom Glauben, dachte er, gab es überall zu viel. Doch wie mit den Meinungen konnten die Menschen damit nicht viel anfangen. Es waren viele Instrumente da, doch wenige konnten *wirklich* darauf spielen. Er sah die Probleme,
doch er nannte sie nicht so. Das war ein Problem, man verzieh es ihm selten. Bei dir, hieß es, muss immer alles anders heißen. Heißer Brei, sagte er. Doch kaum jemand benutzte die direkten Wege, das war nicht üblich, wurde nicht gern gesehen. Eine Zeit lang war es sehr angenehm für ihn, darauf selten jemanden zu treffen, und wenn, dann konnte er mit ihm oder ihr endlich mal wieder reden. Doch dann läuteten irgendwelche Glocken (irgendwelche Glocken läuten ständig), er war wieder
allein. Konnte er so weitermachen? fragte er sich an Kreuzungen und auf langen Geraden, nach jeder Kurve malte er sich andere Richtungen aus, er

121

verlor sich in Konjunktiven. Dann hatte er das Glück, sich wieder etwas anmerken lassen zu können, als jemand mit einem Spiegel vorbeikam. Licht erschien. Und schien scheinbar richtungsweisend. Später wusste er, er war geblendet worden, aber daran dachte er nicht gern. Naturgemäß. Alle Jahre vergingen. Es kamen die *Immergleichen*, doch sie hatten ihre Zungen geschärft. An so einen Lärm konnte sich kaum jemand erinnern, doch diesmal, hieß es, *ist es doch wahr!* Nötig. Und hat doch Kopf und Fuß! Die Füße wurden großteils amputiert und die Köpfe vermessen. Auf die alten Zeiten. Motive schwammen die Flüsse hinunter. Zuweilen blickte er ihnen wehmütig nach. Doch er beließ es bei manchem Seufzer, wieder zum Kleinrad geworden.

Das Rad dreht sich, da kann ich nichts tun, war eine Zeit lang sein Mantra.
Dass die Zeit
die Farben ändern kann,
dass die Winde Richtungen haben,
davon wollte er nichts hören. Er vermied es tunlichst, in Reihen oder Fußstapfen zu treten, so kam er unbeschadet durch die Tage. Im Geheimen aber hätte er sich *doch* gern etwas anmerken lassen, aber er fand niemanden, der oder die sich dafür interessierte. In Wahrheit suchte er auch nicht. Zu gefährlich, sagte sein älter werdendes Herz. Was, wenn? Dann traf es seinen Nachbarn. Und er traf ihn nie wieder. Irgendwie berührte ihn das. Machte ihn auch wütend, vielleicht sogar zu Recht. Nur durch einen ausgewachsenen Rausch konnte er seinen Groll dämpfen, überall hieß es nun: das ist nötig. Für später. Für uns. Er glaubte es nicht. Er schwieg. So

kann es nicht weitergehen.

Er starb friedlich im Kreise seiner Liebsten (allein) und erwachte, in der Hoffnung, alles nur geträumt zu haben. Dann vergaß er. Und öffnete die Tür.

Elias Schneitter

Der Österreicher und das Paradies

Nirgendwo sonst auf der Welt wird so sehr ans irdische Paradies geglaubt wie in Österreich. Auch wird nirgendwo sonst so häufig darüber gesprochen wie hierzulande. Beinahe jedes Gespräch in Österreich landet früher oder später beim „Paradies", wobei mit „Paradies" die Pension gemeint ist, denn für jeden Österreicher bedeutet die Pension das Paradies.

Steht zum Beispiel jemand noch Jahre vor seiner Pensionierung, dann kommen unweigerlich folgende Fragen: „Wie lange hast du noch?" oder „lange kannst du nicht mehr haben?".

Gibt jemand in diesem Gespräch zur Antwort: „Ich habe noch ein paar Jahre", dann heißt es mit einem Lächeln: „Ginge es nach deinem Aussehen, dann müsstest du aber schon längst in Pension sein", und weiter wird gewitzelt: „Wirf deine Papiere weg und du kriegst die Pension noch für Jahre rückwirkend angewiesen."

Das gesamte Leben des Österreichers dreht sich um seine Pension, um seinen Pensionsantritt. Ziel eines jeden Österreichers ist es, dieses möglichst früh zu erreichen und wenn es einmal erreicht ist, dort so lange wie nur irgendwie möglich auszuharren.

Nach der Geburt ist der Pensionsantritt das einschneidendste Ereignis im Leben eines Österreichers. Kaum wird bekannt, dass ein Österreicher seinen Pensionsbescheid erhalten hat, dann hagelt es von allen Seiten Glückwunschtelegramme. Oft wildfremde Menschen steuern auf einen zu und gratulieren, schütteln einem kräftig die Hand. Einige fallen einem um den Hals: „Gratuliere, gratuliere", heißt es freudestrahlend mit dem Zusatz, „jetzt hast du es endlich geschafft."

Der am häufigsten verwendete Satz jedes Österreichers, solange er noch nicht in Pension ist, lautet: „Wenn ich erst einmal in Pension bin, dann ..." In diesen Worten schwingt so viel Sehnsucht mit, wie in keinem anderen österreichischen Satz.

Hat der Österreicher die Pension erreicht, dann gönnt er sich meist einen mehrwöchigen Urlaub. Kreuzfahrten sind dabei sehr gefragt, oder sie kaufen sich mit der Abfertigung gleich einen Wohnwagen. Nach diesen ersten Aktivitäten beginnt dann aber der harte Alltag eines Pensionisten.

Ab diesem Zeitpunkt steht die Vertreibung aus dem Paradies ganz im Mittelpunkt, denn jedem österreichischen Pensionisten ist mit dem Eintritt in die Pension klar, dass diesen Lebensabschnitt keiner überlebt. Darum steht die Gesundheit im Mittelpunkt. „Nur nicht krank werden", lautet die Devise.

Die neuen Zauberworte sind jetzt Gewichtsverlust und Bewegung, in deren Bann alle gefangen sind. Lange Spaziergänge stehen täglich auf dem Programm und abends werden Vorträge über gesunde Ernährung besucht oder im Fernsehen angeschaut. Jeder will bis ins hohe Alter gesund bleiben, denn schließlich will man von der Pension auch noch etwas haben. Nicht umsonst hat man sich jahrzehntelang den Arsch aufgerissen und seine Beiträge geleistet. Der Letzte, dem man etwas schenken will, ist der Staat, der es mit einem ohnehin nie gut gemeint hat.

Trifft man als Pensionist beim Spaziergang auf einen anderen Pensionisten, dann verlaufen die Gespräche in etwa so:
A: „Auch unterwegs?"
B: „Man muss in Bewegung bleiben."
A: „Wer rastet, der rostet."
B: „Richtig. Wir sind nicht mehr die Jüngsten."
Nach diesem belanglosen Eingangsdialog geht's dann sofort zur Sache. „Und, wie geht's?"
Dieses, „und wie geht's?" ist eigentlich eine sehr hinterlistige Frage, denn es steckt die Absicht dahinter, herauszufinden, ob das Gegenüber bereits schwächelt. Natürlich ist das dem geborenen Österreicher völlig klar und darum antwortet er ausweichend mit einem „danke" oder ein wenig ausführlicher mit „danke, der Nachfrage" oder „danke, es läuft." Damit ist einerseits die Frage beantwortet und andererseits nichts gesagt. Das ist auch der Sinn dieser Aussagen.
„Das Wichtigste im Leben ist die Gesundheit", heißt es daraufhin und „man muss froh sein, wenn man jeden Morgen aus dem Bett kommt." Dies wird von der anderen Seite vollinhaltlich bestätigt: „Ohne Gesundheit ist man aufgeschmissen."

Natürlich kann ein Gespräch zwischen Pensionisten nicht auf diese langweilige, nichtssagende Art und Weise enden. Schließlich wollen auch Pensionisten Neuigkeiten und kleine Sensationen erfahren und untereinander austauschen. Darum folgt die Abkehr von den eigenen Befindlichkeiten und man schwenkt auf die anderer ab.
A: „Hast du vom Toni schon gehört?"

B: „Nein, was ist mit dem Toni?"

A: „Heute Nacht. Schlaganfall."

B: „Wirklich. Grad gestern bin ich ihm noch über den Weg gelaufen."

A: „Ja, so schnell kann es gehen."

B: „Und. Schlimm? Wie schaut's aus?"

A: „Halbseitig gelähmt. Wer weiß, ob er wieder auf die Beine kommt."

Solche Botschaften gehen jedem Pensionisten unter die Haut, weil man selbst immer gewahr sein muss, dass es einen zu jeder Stunde erwischen kann. Darum werden solche Horrormeldungen auch gleich etwas relativiert.

A: „Der Toni hatte vor Jahren schon einmal einen Herzinfarkt."

B: „Besonders gesund gelebt hat er ja nie."

A: „Übergewicht und kaum Bewegung."

B: „Und geraucht hat er auch wie ein Schlot."

A: „So etwas kann auf Dauer nicht gut gehen."

B: „Schon gar nicht in unserem Alter."

A: „Er hat sich nichts geschenkt."

Da sich der österreichische Pensionist natürlich gewahr ist, in welchem gefährlichen Lebensabschnitt er sich befindet, geht der Dialog dann folgendermaßen weiter.

A: „Eines Tages erwischt es jeden."

B: „Natürlich. Die Pension ist der letzte Abschnitt."

A: „Aber noch wäre es ein wenig zu früh."

B: „Zu früh ist es für den Betroffenen immer."

A: „Schon. Aber noch möchte ich etwas von der Pension haben, denn dem Staat schenke ich nichts. Er hat mir auch nie etwas geschenkt."

Damit ist jener Punkt erreicht, wo es um die lebenslangen Leistungen des österreichischen Pensionisten geht, die in der Anzahl der erworbenen Versicherungsmonate seinen Ausdruck findet.

A: „Wir haben lange genug eingezahlt. Ich komme auf nicht weniger als 540 Versicherungsmonate. Das müssen die heutigen Jungen erst einmal zusammenbringen."

B: „Dieses Gesudere der heutigen Jungen, dass wir ihnen die Zukunft stehlen, kann ich nicht mehr hören."

A: „Sie haben ja gar keine Ahnung, mit welchen Entbehrungen wir aufgewachsen sind. Und wir sind mit fünfzehn in die Arbeit, da bist du dann mit sechzig am Arsch."

B: „Heute gehen alle studieren und fangen frühestens mit dreißig zu arbeiten an. Da kann man nicht erwarten, dass man dann mit sechzig abhauen kann. Da fehlen ja die Zeiten."

Als die wahren Meister der Frühpensionisten gelten in Österreich die Eisenbahner. So kursiert heute noch der Witz, dass der österreichische Eisenbahner mit seinem Antrag zur Aufnahme in die Österreichischen Bundesbahnen auch gleich seinen Antrag zur Pensionierung ausgehändigt bekommt.

Natürlich ist der Eintritt ins gelobte Land für die Eisenbahner nicht mehr so einfach wie früher. Trotzdem zählen sie – zumindest in den breiten Bevölkerungsschichten – als die Privilegienritter schlechthin. Früher war es gang und gäbe, dass die Eisenbahner mit 48 Jahren in Pension gingen. Aber nicht nur beim frühen Eintritt ins Paradies waren sie ehemals Weltmeister, sondern auch bei der Lebenserwartung schlugen sie jede andere Berufsgruppe weit aus dem Feld. Wenn in der Tageszeitung die Parte eines Hundertjährigen erschien, dann konnte man mit Sicherheit davon ausgehen, dass er bei den Österreichischen Bundesbahnen sein Berufsleben verbracht hatte. Zumeist ist es bei den Eisenbahnern immer noch so, dass sie im Schnitt länger in Pension sind, als sie im Arbeitsprozess standen, wobei der Begriff Arbeit in diesem Zusammenhang nicht unbedingt treffend erscheint. Zumindest in der landläufigen Meinung.

Einmal habe ich beim Spaziergang einen Eisenbahner getroffen, der um Jahre jünger war als ich und schon seit vielen Jahren in Pension war. Er erzählte mir Folgendes: „Ich habe als Lehrling mit fünfzehn bei den Österreichischen Bundesbahnen zu arbeiten begonnen. Also hätte ich mit fünfzig in Pension gehen können. Bevor es aber so weit war, haben diese Dreckskerle der Regierung das Antrittsalter auf fünfundfünfzig angehoben. Diese Sauerei muss man sich vorstellen. Aber nicht mit mir. Gutwilligerweise habe ich noch zwei Jahre drangehängt und bin mit zweifünfzig abgehauen. Dann war Schluss.“

Als mir der Bekannte dies erzählte, konnte ich nur mitfühlend nicken. Wir beide schauten uns verständnisvoll an, ehe er anfügte: „Als ich bei der Bahn angefangen habe, war das noch etwas ganz anderes als heute. Das Tempo bei der Arbeit hat sich so massiv erhöht, dass jeder Zweite in einem Burnout landet. In meinen ersten Berufsjahren haben die damaligen Alten noch lange Pausen eingelegt und uns Junge an die Arbeit geschickt. Wir haben das unwidersprochen hingenommen. Als ich dann alt war, gab es kaum noch Pausen. Wenn es eine gab, und wir die Jungen zur Arbeit anhalten wollten, dann haben die uns den Stinkefinger gezeigt. So haben sich die Zeiten geändert.“

Für jeden Pensionisten gibt es als tägliche Pflichtlektüre die Tageszeitung. Darin interessieren den österreichischen Pensionisten vor allem die Todesanzeigen. Wenn der österreichische Pensionist zu den Todesanzeigen kommt, dann sagt er zu seiner Frau: „Ich muss nachschauen, wer sein Abonnement gekündigt hat."

Todesanzeigen enthalten in der Regel drei Informationen, die von größter Bedeutung sind. Da sind einmal das Alter des Verstorbenen, dann der Berufsstand und schließlich die Ursache für das Ableben. „Nach kurzer schwerer Krankheit", deutet auf Herzversagen hin, „nach langer, schwerer, mit Geduld ertragener Krankheit" lässt Krebs vermuten. War der Verstorbene noch berufstätig, dann denken die Pensionisten reflexartig: Schade um die geleisteten Versicherungsbeiträge, die der Verstorbene umsonst eingezahlt hat, jedoch andererseits hervorragend für die Pensionsversicherung, also für ihn, denn diese spart sich eine Menge Geld. War der Verblichene bereits in Pension, dann wird sofort nachgerechnet, wie lange dieser in Pension war, ausgehend vom Durchschnittsalter, in dem der Österreicher ins Paradies wechselt, also mit 59 Jahren. Der österreichische Pensionist ist ein guter Rechner. So weiß er auch, dass die eingezahlten Pensionsbeiträge durchschnittlich nach zehn Jahren aufgebraucht sind. Stirbt also ein Pensionist mit achtzig Jahren, dann kommt dem Pensionisten sofort in den Sinn, dass er zumindest elf Jahre auf Staatskosten gelebt hat.

Häufig kämpfen Menschen jahrelang um die Zuerkennung einer Pension. Sie erhalten abschlägige Bescheide, werden von einem Arzt zum nächsten geschickt, müssen Klage bei Gericht erheben und erhalten dennoch nur Ablehnungen. Das ist natürlich ein beliebtes Thema an den Stammtischen. Da kann man dann Folgendes hören: „Was diese Bürokraten anrichten, passt auf keine Kuhhaut mehr. Jetzt hat der Herr Sowieso schon wieder eine Ablehnung erhalten. Das ist der Dank des Staates dafür, dass man seine Gesundheit ruiniert hat. Jeder dahergelaufene Ausländer erhält eine Pension auf Anhieb und ins jeweilige Land überwiesen, aber unsere armen Hunde schauen andauernd durch die Finger."

Am liebsten wäre allen Österreichern lebenslang, also von Geburt bis zum Ableben in Pension zu sein, aber das ist leider nicht möglich, denn die Österreicher wissen auch, dass es keine Pension mehr gibt, wenn erst einmal alle Österreicher in Pension sind. Schließlich können nicht alle Österreicher im Paradies leben. Das geht sich nicht aus.

Aus dem Paradies vertrieben wird jeder Pensionist durch sein Ableben. Darum schwebt über jedem Paradiesbewohner das Damoklesschwert des Todes. Den Österreichern wird ja auch ein besonderes Naheverhältnis zum Tod nachgesagt. Darum wird diesem Thema sehr häufig mit schwarzem Humor begegnet. So meinte kürzlich ein Leichenbestatter ganz trocken: „Wenn das mit der rasanten Zunahme der Feuerbestattungen so weitergeht, dann sterben die Friedhöfe eines Tages noch aus."

Einmal hat ein anderer Pensionist am Stammtisch erzählt, dass er schon seit vielen Jahren, wenn er sich ins Bett legt, darum bete, dass er, wenn es so weit ist, einfach umfällt und auf der Stelle tot ist. Das wünscht sich der Großteil der Pensionisten. Nur wenigen ist es vergönnt. Interessanterweise starb der vorher erwähnte Pensionist dann auch wirklich auf diese Art und Weise.

Ein anderer österreichischer Pensionist verfügte ebenfalls über eine Menge schwarzen Humors, denn nachdem ihm ein Bein abgenommen wurde, meinte er in feuchtfröhlicher Runde: „Mein linkes Bein ist mir bereits ins Grab vorausgeeilt."

Helmuth Schönauer

Drei Angriffe auf die Provinzruhe am dritten September

Es brennt beim präpotenten Nachbarn. Wir Rentner sind schon auf und schauen wie jeden Tag Richtung Osten, auch wenn dort oft keine Sonne aufgeht. Im Seitenflügel in einem Hochparterre schimmert es, als ob die Sonne doch aufginge.

Der Nachbar dürfte schon munter sein, jedenfalls macht er Geräusche, kommt aber nicht aus seiner Wohnung.

Wir werden dann später die Feuerwehr verständigen, wenn ordentlich Rauch herauskommt. Jetzt stellen wir ihm sein Motorrad vor die Tür. Seinerzeit haben wir ihn gebeten, dieses draußen auf der Straße abzustellen und nicht im Hof.

– Ob ihm die Hausgemeinschaft nicht wichtiger sei als sein Motorrad?

Er sagt, eine Hausgemeinschaft kriegt er gratis, für das Motorrad hat er jedoch sparen müssen.

Wir sind dann mit dem Rechtsanwalt vorgegangen und haben es jetzt schwarz auf weiß, dass wir ihn abbrennen lassen können.

Je kleiner die Provinz, umso gigantischer wird das Bemühen von Festival-Machern, sogenannte Weltliteratur in die Wüste einzuladen. Nachdem jetzt dem *Sprachsalz* in Hall mit der Verpflichtung von Mark Z. Danielewski, er gilt als Giga-Saurier, ein Coup gelungen ist, hat das Management von *8ung Kultur* hämisch zurückgeschlagen und den noch PS-stärkeren T. C. Boyle für das Frühjahr verpflichtet.

Gewinner dieser Schlacht ist der Kulturredakteur von der Todeltodel, der zwei Welt-Artikel zu einer Sache schreiben kann, ohne vor die Haustür gehen zu müssen.

Verlierer hingegen sind die bodengezeugten Schriftsteller, die der Reihe nach den Schreibbetrieb einstellen, weil sie in der Champignons-Liga nicht mehr mithalten können mit ihrem erbärmlichen Fußpilz.

Der erblindete Weltbibliothekar Jorge Luis Borges hat die Welt immer mit einer Bibliothek verglichen, das Wissen sei unendlich und unsere Lesebiographien darin überschaubar.

Der verrentnerte Provinzbibliothekar Helmuth Schönauer vergleicht hingegen die Welt mit einer Vitrine, in der all das ausgestellt wird, was die Regierung für wichtig hält. Diese Welt ist klein und überschaubar und entspricht dem kompletten Österreich, wenn dieses anhand eines Literaturmuseums alles auf Sisi und die Habsis zurückführt.

Die Seitenblicke-Adeligen leben auch heute noch in der österreichischen Gegenwartsliteratur weiter. Diese nämlich ist kaiserlich, erhaben und voller Orden und Stipendien.

Hingegen würde ein Beatnik-Museum bei der Eröffnung zuerst gesprengt werden, ehe man dann im Schutt die interessantesten Tages-Vitrinen aufstellen würde mit Literatur-Obst drin, das bis Mittag verfault ist.

C. H. Huber

die haare in der nase sind länger
geworden fast wie bei älteren männern
der weg von den brüsten zum delta hat
sich verkürzt angesagt wäre ein training
von armen bauch schenkeln zuerst einen
lacher dann viel würde bioernährung kosten
was man als seele bezeichnet funktioniert
aber noch oder täuscht es das hirn nur
mitleidig vor oder ist es geschlagen
geschlagen mit lücken bist du noch
du fragt das eigene ich liebt fremd und
sündig wie länger nicht oder partnerwärts
heftig oder holt sichs in eigenregie
lächelt die welt wieder
erwartungsvoll an

ode an wilhelm reich

*Aus dem Band „fort schreibung",
Edition Art Science St. Wolfgang /
Wien 2013*

Markus Jäger

Zeit im Sand V

Rollenspiel und nirgends
Sand. Konventionen an der
Hand. Die Haut ist heller als
die Farben an der Wand.

Gott hat seine Freude mit
der Haftung und die Kassa
gleich dabei. Bezahlt wird
mit dem Todesschrei.

Willkür kürt das Bild der
Zukunft mit dem Dreck, der
längst verging. Glaube an
den Baum sich hing.

Im Regen fand sich bald
schon Sand und ertränkte unser
Land. Deine Jahre auf dem Kreuz
zerstörten, was ich fand.

Ich wühle trotzdem wissbegierig
weiter, insistiere auf das Glück und
blicke sorgsam lächelnd auf
dein Leben nun zurück.

Sonja Schottkowsky

In Ruhe wachsen

Guter alter Freund. Schön dich wiederzusehen.
Du siehst gut aus. Wie alt bist du jetzt eigentlich?
Ich weiß es gar nicht. Jedenfalls um einiges älter
als ich.
Mich drückt mein Alter bereits nieder, mein Rücken ist krumm und meine Knochen sind müde.
Doch dir sieht man das Alter nicht an. Du stehst
aufrecht, strahlst vor lauter Kraft und schaust zu-
versichtlich dem Sonnenuntergang entgegen.
Aber ich will mich nicht beklagen, denn ich blicke
zurück auf ein erfülltes Leben. Viele schöne Stunden waren mir vergönnt, an die ich mich gerne zu-
rückerinnere.
Als ich Henriette kennengelernt habe, war ich
zum ersten Mal in meinem Leben richtig verliebt.
Ihre braunen Augen und die niedlichen Sommer-
sprossen auf ihren Wangen haben mich sofort
verzaubert. Vier Monate später standen wir bereits
vor dem Traualtar. Damals war es üblich, so
schnell zu heiraten, heutzutage kann sich das niemand mehr vorstellen. Aber es ist ja auch schon
siebzig Jahre her. Kaum zu glauben. Siebzig Jahre!
Im Laufe der Zeit ist aus unserer Verliebtheit
dann Liebe entstanden. Liebe kommt nicht einfach über Nacht, sondern braucht Zeit zum Wachsen. Wie eine kleine Pflanze, die gehegt werden
muss. Natürlich haben wir auch oft gestritten. Einige unserer Auseinandersetzungen hast du wahrscheinlich mitbekommen.
„Das gehört dazu", hat Henriette dann immer gesagt, „so lernt man zu verzeihen."

Ich glaube, ich habe es über all die Jahre tatsächlich gelernt.

Aber warum erzähle ich dir das alles? Du weißt, was in meinem Leben alles passiert ist.

Du warst ja immer bei mir. Ich war noch ein kleines Kind, als ich dich zum ersten Mal im Garten getroffen habe. Du hast miterlebt, wie ich herangewachsen bin und schließlich selbst Vater zweier Kinder wurde. Es war schön, die beiden heranwachsen zu sehen. Es gab für sie so viel zu entdecken und so viel zu lernen.

Später hast du meine Enkelkinder kennengelernt und kürzlich auch meine Urenkelkinder. Wahrscheinlich werde ich nicht mehr erleben, wie sie heranwachsen, aber du wirst bei ihnen sein, und das beruhigt mich.

Vor allem in schweren Zeiten möchte ich dich bitten, ihnen beizustehen. Mich hast du auch immer aufgerichtet, wenn mich mein Kummer niedergedrückt hat.

Vor zwölf Jahren, als meine Frau gestorben ist, warst du es, der Tag und Nacht an meiner Seite gewesen ist. Was hätte ich damals ohne dich getan? Du hast mir beigebracht, dass über all die Jahre ein Teil von Henriette zu einem Teil von mir geworden ist. Mit deiner Hilfe ist dann langsam die Freude in mein Herz zurückgekehrt und ich konnte mein Leben wieder genießen.

Aber jetzt höre ich auf in meinen Erinnerungen zu schwelgen. Ich lasse sie vorüber ziehen und genieße die Gegenwart. Es ist schön, bei dir zu sein, alter Freund. Wie viele Stunden habe ich auf dieser Gartenbank schon verbracht, um deinen Worten zu lauschen? Unzählige. Und ich bin froh um jede einzelne.

Wie schön unser Garten blüht. Bald wird der Herbst kommen und das Leben davontragen, doch heute Abend können wir es noch einmal gemeinsam genießen. Die Rosen blühen immer noch und ihre dunkelroten Blüten leuchten in der Abendsonne.

Weißt du eigentlich, dass du mir immer eine große Inspiration warst?

Ich habe mir gern ein Beispiel an dir genommen, wenn es darum ging zu wachsen. Es ist oft nicht einfach, über seinen eigenen Schatten zu springen und etwas zu tun, wovor man Angst hat. Und es ist auch nicht einfach, Zuversicht statt Sorgen in seinem Herzen zu tragen.

Aber du hast mir dabei geholfen. Schade, dass man uns Menschen nicht anmerken kann, wie sehr wir innerlich wachsen. Ich wäre dann vielleicht genauso groß wie du.

Die Sonne geht unter. Vielleicht sollte ich langsam hineingehen. Ich muss noch einiges erledigen.

Ja, stimmt. Wer weiß, ob ich morgen wieder hier sein werde. Ich werde noch ein bisschen bleiben und die Zeit mit dir genießen.

Die Ruhe genießen.

Es wäre schön, wenn man auch seine Gedanken abschalten könnte. Das Grübeln, das Jammern, das Sorgenmachen. Erst dann ist es richtig ruhig. Daran arbeite ich noch, denn in dieser Hinsicht muss ich noch wachsen. Es ist nie zu spät dafür.

Findest du auch, dass das Blau des Himmels heute noch kräftiger ist als sonst? Oder fällt es mir jetzt erst auf? Und die zarten Wolken, die im Abendlicht in warmen Rottönen erstrahlen. Sie sind wie ein Kunstwerk auf einer unendlich großen Leinwand.

Und du? Du lässt dir vom warmen Wind deine Blätter kraulen.

Recht hast du. Das würde ich auch machen, wenn ich welche hätte. Aber ich kann den Wind ebenfalls spüren. In meinen Haaren. Doch ob meine Haare genauso schön im Abendrot tanzen wie deine Blätter? Ich glaube nicht.

Doch? Und du findest es sogar beruhigend, mich auf meiner Gartenbank sitzen zu sehen?

Das hätte ich mir nie gedacht, dass eine Eiche von deiner Größe und Schönheit ein kleines, krummes Menschlein auf einer Gartenbank beobachtet.

Was? Ich habe dir geholfen zu wachsen? Tatsächlich?

Weil ich gelernt habe zu verzeihen, obwohl es mir oft nicht leicht gefallen ist?

Weil mich mein Kummer oft niedergedrückt hat und ich dann trotzdem wieder Freude am Leben fand?

Dann haben wir uns also gegenseitig dabei geholfen zu wachsen? Das ist schön.

Wir könnten heute Abend versuchen, noch ein bisschen weiterzuwachsen.

In aller Ruhe.

Sophie Bergmann

Das Alter

Wie Äste zieren Falten nun die Haut
Des Hauptes Haar ist längst schon ganz ergraut
Gebückt und träge ist dein armer Gang
Mehr und mehr wird dir nun angst und bang
Das Alter frisst dich unaufhaltsam auf
Der grausige Verfall nimmt seinen groben Lauf
Was bleibt ist nur ein Schatten deiner selbst
Bis du am Ende dann vollends zerfällst

Angelika Polak-Pollhammer

tiafe furchn
von lachn und rearn
tiafe furchn
von lebm in gsicht

warsch die weiße frau
mit n spinnradl
hasch in fadn gschpunnen
weitergebm
an die roate frau
dia aus m volln glebt hat

bisch iatz die schwarze frau
die weise alte
mit der schar in der hand
zun in lebmsfadn aschneiden

bisch uane und alle

*Aus der Anthologie des Forum Land
Literaturpreis 2018 „Spuren"*

Markus Köhle

Kompott
oder Geschichte wird gemacht

Oma hatte es mit Steinen: Edelsteine, Nierenstei-
ne, Gallensteine. Opa war Steinmetz.
Oma sagte immer: „Wer im Lagerhaus sitzt, soll
nicht mit Steinen werfen, sonst folgt auf das La-
gerhaus bald der Steinhof."
Oma sagte auch gerne: „Lieber bei einigen einen
Stein im Brett, als einen Stein im Bett."
Opa war kein Stein im Bett. Wenn Opa der Stein
in Omas Bett war, dann war er der Stein der Wei-
sen. Opa veredelte Oma. Opa war Omas Heizde-
cke, Omas Schutzmantel, Omas allabendliche
Gute-Nacht-Geschichte.
„Lieber schlafen wie ein Stein, als schnarchen wie
ein Schwein", sagte Oma.
Ja, Oma war nie um einen flotten Spruch verlegen.
Oma konnte sich das leisten.
Das mit Opa damals war Liebe auf den ersten
Griff. Ein Bierkrug beim Waldfest im Dorf fiel
runter. Oma bückte sich mit dem Rücken zu Opa.
Opa drehte sich, bückte sich und war verzückt. Er
griff gleich zu, mehrmals. Oma ließ es zu, damals
und fortan. Opa schaute komisch. Oma sagte:
„Jetzt ist schon dein Krug vom Tresen gefallen,
jetzt braucht dir nicht auch noch dein Herz in die
Hose rutschen."
Opa antwortete: „Besser das Herz in der Hose, als
ein Herz aus Stein. Ich bin der Konrad und wenn
du willst, ab sofort ähm... dein."
Der Krug ging nicht zu Bruch. Oma und Opas
Liebe ging auch nie zu Bruch. Der Krug war bloß
leer und konnte neu befüllt werden. Das taten sie

an jenem Abend noch mehrmals und gemeinsam beschrieben sie fortan auch ihre Lebensseiten neu. Sie schrieben schnell.

„Wer mit Steinfeder schreibt, schreibt flüssiger", sagte Oma.

Bald war Mama da. Dann lang, lang, lang vieles, von dem ich nicht viel weiß, aber gern mehr wissen möchte, und dann waren schon ich und ein neues Haus da, aber der Papa weg. Oma sagte: „Wenn kein Stein auf dem anderen bleibt, ist der Rohbau vergänglich."

Mama arbeitete und weinte viel, Opa pfuschte, ich verbrachte viel Zeit mit Oma.

„Auf Fremdwährungskredit vertraut, ist auf Sand gebaut", sagte Oma.

Dann traf Opa ein Schlag, nein, sein Herz war noch immer fest in der Hose, es traf den Steinmetzmeister beim Spazieren in der Fußgängerzone tatsächlich ein Stein.

Ein Stolperstein, ein Fall, ein Kopfsteinpflasterschaden und aus. Von 100 auf 0 in einer Sekunde. Voll fit mit 70 in den Tod. Niemand schuld, niemand zur Verantwortung zu ziehen.

Oma war traurig. Mama trauerte Opas unterstützender Rente nach und ich wusste nicht, wie ich helfen sollte.

Danach sprach Oma nur noch in Steinen: „Wer in Stein einsitzt, hofft auf Vergänglichkeit. Was in Stein gehauen, ist nicht flüchtig. Ein flüchtiger Steininsasse findet vielleicht Zuflucht beim Weinhauer. Wer den Steinhauer kennt, wünscht, er möge nie vergehen. Das ist ein Topfen und kein heißer Stein und steter Topfen höhlt das Hirn."

Ich gab mir Mühe, Oma zu zeigen, dass ich versuchte, sie zu verstehen.

Ich lachte, Oma grinste, Mama weinte.

Oma konnte mit ihrem Hautsack zwischen Hals und Kinn wackeln. Oma kannte jede Wiesenblume beim Namen. Oma hatte lange, graue, geflochtene Haare wie die Squaw von Häuptling Silberner Rücken. Oma legte Nüsse ein, machte Apfelmus und Erdäpfelpüree.

Manchmal hatte Oma helle Momente. „Nachhaltigkeit ist die Nemesis der Vergänglichkeit", sagte Oma dann und ich nahm mir vor, das Wort „Nemesis" in meinen Wortschatz aufzunehmen, weil es interessant klang.

Oma machte meine Handarbeitshausaufgaben. Oma strickte die wärmsten aller Winterpatschen. Oma konnte Flappgeräusche mit ihren dritten Zähnen machen. Oma bestellte am liebsten bei Quelle. Oma war unschlagbar im Schnapsen. Oma spielte mit mir Unter-Ansetzen. Oma nannte den Ober Damenhaxn.

Manchmal verblüffte mich Oma und sagte: „Viele Leben sind Ruinen, Ruinen wie die Stadt Borsippa in Babylon. Turmbaureste aus Abermillionen Ziegelsteinen. Es ist unmöglich alle Steine zu erfassen. Man muss Steine auswählen, die ihre Bedeutung verraten." Ich versuchte mir „Borsippa" und „Babylon" zu merken und später nachzuschlagen.

Oma roch nach Kompott. Oma trug beim Kochen bunte Schürzen. Oma schaute mit mir Columbo. Oma schlief meist dabei ein. Oma lag immer mehr im Bett. Oma sagte: „Früher hatte ich Konrad, jetzt hab ich Polyneuropathie." Oma behielt ihren Humor und sagte: „Auf meinem Grabstein soll stehen: Sei kein Stein!"

Oma sagte dann immer weniger, konnte aber nach wie vor mit ihrem Hautsack wackeln und ich spürte, dass sie mir noch etwas zu sagen hatte: „Steine sind Stationen des Lebens, geformt durch Geschichte. Steine sind Baumaterial, durch das Geschichte greifbar wird. Geschichten sind unvergänglich, solange sie weitererzählt werden", sagte Oma und bat mich, sie in bester Erinnerung zu behalten und bei Gelegenheit von ihr zu erzählen.

Tina Bader

Nestwärme

Wenn Sophia am späten Vormittag erwachte – sie konnte seit geraumer Zeit abends lange nicht einschlafen und fiel erst gegen Morgen in einen erholsamen Schlummer – traf ihr erster Blick auf die Fotografie von Blanco.

Zwei Jahre bevor sie ihren Hund hatte einschläfern lassen müssen, war das Bild aufgenommen worden. Wann genau das gewesen war, konnte sie nicht mehr sagen. Wie sie sich überhaupt an vieles nicht mehr erinnerte. Nicht einmal an ihr genaues Alter: War sie nun 81, 82 oder älter? Aber welche Rolle spielte das überhaupt? Auf jeden Fall war sie eine alte Frau, deren Augen nicht mehr so recht mitspielten und die Mühe hatte, die ausgetretenen Holzstufen zu ihrer Wohnung im zweiten Stockwerk zu bewältigen. Das Haus ein Altbau, die Wohnung genauso sanierungsbedürftig. Der Wasserhahn im Bad tropfte, die Farbe an den Fensterrahmen blätterte ab, in den Ritzen zwischen den Holzdielen hatte sich Staub angesammelt, Spinnweben breiteten sich aus. Die Wände waren grau geworden, die Mauern rissig wie Sophias eigene Haut.

Hinter dem Kleiderschrank hatten sich irgendwann Mäuse eingenistet. Sophia konnte sie hören, wenn sie in der Nacht wach lag. Anfangs stellte sie Fallen auf, um sie zu fangen. Doch der Anblick des ersten zerquetschten Tieres erschreckte sie dermaßen, dass sie es vorzog, sich mit ihren neuen Mitbewohnern anzufreunden. Sie gewöhnte sich an deren Geräusche und fand Gefallen daran, sie in hellen Nächten zu beobachten. Ab und zu legte sie ihnen Futter hin, Brotkrümel oder Körner. Sie begann, mit ihnen zu sprechen und ihnen etwas vorzusingen. Schlager aus ihrer Jugend, die ihr in letzter Zeit wieder in den Sinn gekommen waren. Leise nur, damit die Mäuse nicht erschraken.

Viel mehr an Ansprache hatte sie sonst nicht mehr. Die früheren Nachbarn waren teils verstorben, teils weggezogen. Auch der neue Briefträger schien weder Zeit noch Interesse an einem kleinen Plausch zu haben, wenn er ihr die Pension ausbezahlte. Ihr Mann war ihr schon lange vorausgegangen. Kinder hatte sie keine. Eines war ihr im Säuglingsalter gestorben. Wenn sie sich sehr anstrengte, fiel ihr sein Name ein. Danach hatte sie kein Kind mehr bekommen. Es folgten die Jahre der Hunde, von denen Blanco der letzte gewesen war. *Er* fehlte ihr wirklich.

Auf die Straße ging Sophia nur, wenn es sich nicht mehr vermeiden ließ, etwas einzukaufen. Sie war genügsam geworden, hatte auch keinen Appetit mehr.

Die Kleider hingen schlapp an ihrem Körper herunter. Ihr Lebensradius reduzierte sich mehr und mehr auf die 43 Quadratmeter ihrer Wohnung. Aber sie war nicht unzufrieden. Seit ihr Fernsehgerät kaputt geworden war, konnte sie ungehindert ihren Gedanken und Erinnerungen nachhängen. Oder den Tauben auf dem Fensterbrett zusehen und ihrem Gurren lauschen.

Der März wartete mit ungewöhnlich hohen Temperaturen auf, und die alte Frau war froh, den Radiator abschalten und so Strom sparen zu können – Holz und Kohlen konnte sie schon längst nicht mehr aus dem Keller heraufschleppen. Durch die weit geöffneten Küchenfenster ließ sie die Wärme in ihre Wohnung. Ein Taubenpärchen fühlte sich dadurch eingeladen, unter der derangierten Küchenbank ein Nest zu bauen.

Doch an jenem Tag, an dem um zwei Uhr Nachmittag ein Taubenjunges aus dem Ei schlüpfte, hatte Sophia immer noch nicht die Augen aufgeschlagen.

Sophie Bergmann

Vanitas

Wie Blumen werden welk
so welkt auch jeder Leib
Die Zeit frisst sich
in jedes Menschen Eitelkeit
Kaum das Licht der Welt erblickt
beginnt der Leib zu sterben
Allmählich, aber doch
beginnt er zu verderben
Wie Fleisch
das lange in der Sonne liegt
Ist es die Fäulnis
die sich letztlich an uns schmiegt

Elisabeth Ziegler-Duregger

Die Freiheit, sich am Kopf zu kratzen

Er liegt seit Tagen im Krankenhaus. Das Altersheim, in dem er seit 8 Jahren lebt, hat ihn nach dem zweimaligen Sturz aus dem Bett dorthin überwiesen. Er ist sehr schwach und hält die Augen meist geschlossen. Die Finger sind um die Gitter neben dem Bett gekrampft und eiskalt. Der Atem geht pfeifend und durch den geöffneten Mund soll feuchter Nebel aus einem Gerät die trockenen Schleimhäute benetzen.

Zwischendurch öffnet er mühsam die Augen und die nach oben gedrehten Pupillen schrecken jene, die ihn ansehen. Mit heftigen Kopfbewegungen weist er Wasser und Essen zurück, und zusammengepresste Lippen lassen keine Medikamente in den Mund gelangen.

In regelmäßigen Abständen drehen die Schwestern den steifen Körper auf die andere Seite. Ein keuchendes Husten kommt manchmal aus der vom langjährigen Rauchen geschädigten Lunge. Immer wieder stockt der Atem für längere Zeit, um dann von Neuem zu beginnen. Die Füße sind bis knapp unter das Knie dunkelblau von den Durchblutungsstörungen.

Er bekommt keine Besuche, da die wenigen entfernten Verwandten weit weg wohnen. Ein freiwilliger Helfer aus dem Altersheim und ich sind die Einzigen, die täglich am Bett sitzen und durch unsere Anwesenheit die Notwendigkeit des Anbindens der Hände an die Gitter für eine kurze Zeit aufheben. Es ist schlimm für mich, dass ich gerade in diesem Advent mit außertourlichen Projekten und dringenden beruflichen Arbeiten, viel zu wenig Zeit dafür habe.

Er hat jedes Mal das starke Bedürfnis sein Hemd auszuziehen und nutzt jede Befreiung der Hände dazu, sich die Decke von den Beinen zu streifen und an der Windel zu zerren, mit geschlossenen Augen und unbeirrbar durch gutes Zureden oder mahnende Worte der Schwestern oder von mir.

Solange es geht liegt er nackt da, bis zwei neue Schwestern den aussichtslosen Kampf wieder aufnehmen, ihm ein neues Hemd anzuziehen. Das macht ihn sehr zornig und die Rufe dringen bis auf den Gang.

Inzwischen liegt er in einem Einzelzimmer. Seine Arme sind von Infusionsnadeln zerstochen und die Ärzte haben ihm einen dauerhaften Zugang nahe dem Herzen gelegt. Dort hinein tropfen Flaschen voll von gelber, weißer und blauer Flüssigkeit und Antibiotika. Auf der Brust klebt ein Pflaster, das die Schmerzen lindern soll.

Auf Besuch reagiert er unterschiedlich, manchmal mit starkem Festhalten der Hände, manchmal mit Tränen, Worte kommen nur sehr undeutlich aus dem ausgetrockneten Mund und der durch die Absaugung verletzten Kehle. Ich versuche den Ärzten und Schwestern zu erklären, dass es meiner Meinung nach nicht im Sinne des Patienten ist, ihn mit medizinischer Technik am Leben zu halten.

Da ich nicht persönlich verwandt bin, kann ich keine Entscheidungen beeinflussen. Das einzige Zugeständnis ist die Versicherung, dass bei Atemstillstand keine Reanimation erfolgen soll, dass aber der ärztliche Eid es verlangt, dass er künstlich ernährt wird und Medikamente erhält. Er soll nicht an einer Lungenentzündung sterben, wird mir versichert.

Ich überlege, welche Krankheit ihm die Erlaubnis zum Tod geben könnte. Ich finde keine Antwort, wer von dieser Vorgangsweise profitiert. Sicher nicht der Mann im Bett vor mir und meine Hilflosigkeit macht mich sehr zornig. Ich kann nur am Bett sitzen und ihm für eine Stunde die Freiheit schenken, sich am Kopf zu kratzen.

Die Tage vergehen in gleichmäßigem Rhythmus des medizinischen Betriebes. Jede Schwester hat ihre eigene Methode und Ansichten, was getan werden soll. Manche erklären ihm die notwendigen Verrichtungen, andere arbeiten still und schnell. Er wendet die verbliebene Kraft auf, um sich zur Wehr zu setzen. Nach Reinigungsaktionen, die ihn belasten, erhält er Beruhigungsmittel.

Am Heiligen Abend zünde ich eine kleine Kerze an und gebe ihm einen weichen, kleinen Weihnachtsengel in die Hand. Er streicht mit ihm um sein Kinn und weint, dass ihm die Tränen über die Wangen rinnen. Meine rinnen auch.

Am nächsten Tag sehe ich ihm zu, wie er vergeblich versucht, sich aufzurichten. Aus den undeutlichen Worten kann ich heraushören, dass er weg will. Ich versuche ihm zu sagen, dass ich seine Sehnsucht verstehe. Ich weiß einfach nicht, was ihm beim Sterben helfen könnte oder was ihn daran hindert.

Zwei Tage nach Weihnachten werde ich um 6 Uhr morgens vom Krankenhaus verständigt, dass er gerade verstorben ist. Ich bin so schnell wie möglich dort und fühle noch den warmen Körper. Ich bin dankbar und froh, dass er nun frei ist, um dort zu sein, wo er immer am glücklichsten war und was er im Altersheim am meisten vermisst hat, seine Alm und den Geruch von Kühen.

Meinen Plan, ihn im eigenen Familiengrab beerdigen zu lassen, haben meine Verwandten mit dem Hinweis verhindert, dass unsere Urgroßmutter sicher keine „fremden Männer" bei sich im Grab haben will. Zufällig starb aber am selben Tag wie er noch ein wichtiger Mann aus seiner Heimatgemeinde. So gab es ein gemeinsames Begräbnis, die Musikkapelle, Feuerwehr und Schützen marschierten auf und der ganze Chor sang beim Requiem. Aber an seinem Grab waren wir nicht einmal 10 Menschen, die in der Dezemberkälte für ihn beteten.

Nun sind schon einige Jahre seit Seppls Tod vorbeigegangen. Ich besuche von Zeit zu Zeit sein Grab. Es wird zum Glück von der Familie betreut, die ihm sehr günstig auf Leibrente, vor der Übersiedlung ins Altersheim, das Haus abgekauft hatte.
Einige Zeit vor seinem Tod hatte ich mit Seppl und einem anderen Mann aus dem Altersheim einen gemütlichen Ausflug zu einer schönen Kirche am Berg unternommen. Bei einem Glas Wein im Gasthaus haben sie dann gemeinsam beschlossen: „Wenn wir beide einmal gestorben sind, dann passen wir ganz besonders gut auf dich auf!"

Und genau das machen sie seither.

In herzlicher Erinnerung an Josef Demartin,
gestorben am 27.12.1999

Der Grabstein

„Das Holz lebt", hatte Opa immer gesagt. Er meinte, dass uns das Holz Geschichten erzählen würde, wenn wir nur ganz leise wären. Mit diesem Gedanken schlich ich wochenlang im Dachboden unseres Heuschuppens herum, beschnupperte die Bretter und Scheite, die dort zwischen den groben, zersplitterten alten Balken lagerten. Die Luft war kühl, erfrischt von dem jungen Holz und getränkt mit feinen Staubkörnchen, die träge in den vereinzelten, warmen Sonnenstrahlen tanzten. Ich kann mich heute noch daran erinnern, wie ich mich zwischen die Bretter setzte, sie mit meinen kleinen Händen berührte und mucksmäuschenstill darauf wartete, dass sie zu sprechen begannen. Einige der Geschichten spuken mir noch heute durch den Kopf, doch wer sie mir schlussendlich erzählt hat, bleibt für immer hinter dem dicken Schleier verborgen, der sich über meine Kindheit gelegt hat.

„Was sollen wir auf den Stein schreiben lassen?", frage ich müde in die Runde und werfe noch einmal einen genaueren Blick auf eine der Broschüren. „Name, Geburts- und Sterbedatum, Kinder?"

„Das Übliche", ruft Anton aus der Küche. „Was die sonst so draufschreiben, das wird schon passen…"

„Na, ich weiß nicht…", überlegt Sofia und zieht eine Schnute. „Es sollte etwas sein, das Opas Wesen ausdrückt, meint ihr nicht? Er soll nicht einfach so anonym dort liegen."

„Sein Name steht ja drauf, anonym ist das ja nicht", erwidert Klaus gleichgültig und greift nach der offenen Packung Chips, die auf dem Tisch liegt.

„Lasst uns doch ein Stück Holz drankleben", schlägt Anton vor und bricht unisono mit Klaus in schallendes Gelächter aus.

„Jungs!", ermahnt Sofia und zückt genervt ihr Smartphone. „Vielleicht kann Google uns weiterhelfen."

„Ach komm, der bringt doch nur die Standard-Sachen, etwas Persönliches wirst du da jetzt nicht finden", wische ich die Idee beiseite, schreibe GRABINSCHRIFT?? auf meinen Block und unterstreiche das Wort gleich drei Mal. „Okay, weiter geht's", seufze ich. „Die Beerdigung haben wir so weit erledigt, vielleicht fragen wir noch alte Bekannte, ob sie bei der Verabschiedung gerne etwas über Opa sagen möchten…"

„Der alte Helli, den könntest du fragen!", ruft Anton und lacht wieder. „Bei den ganzen Saufereien und Reibereien springt doch sicher eine Geschichte dabei raus!"

Genervt lasse ich den Stift fallen und fahre mir mit beiden Händen übers Gesicht. Verdammt, Opa ist tot und diese Trottel können nicht einmal dann ernst bleiben! Ich atme tief durch, klammere die Wortfetzen aus, die Anton und Klaus sich nun gegenseitig entgegenschleudern, in dem Versuch dadurch den wahren Kern der Geschichte herauszulösen.

„Was machen wir mit Opas Haus?", fragt mich Sofia unvermittelt und mit gesenkter Stimme, als wollte sie, dass diese Frage unter uns bliebe. „Verkaufen wir es?"

„Du möchtest es verkaufen?", schließe ich verwundert daraus und sehe sie überrascht an. Plötzlich wirkt sie verlegen, als wäre es ihr peinlich. „Ja…?", meint sie nur und zuckt dabei mit den Schultern. „Ich meine, was sollen wir sonst damit anfangen?"

„Dort einziehen", antworte ich und sehe den warmen Dachstuhl vor mir. „Es ist genug Platz für uns alle dort."

„He, ich hab' übrigens ein wenig herumtelefoniert", unterbricht uns plötzlich Anton und setzt sich. Aufregung blitzt in seinen Augen auf. „Die Werkstatt und das Holzlager könnten uns einige tausend Euro einbringen."

Ich sehe ihn nur verwirrt an und eine tiefgreifende, beinahe schon verärgerte Empörung wallt in mir auf. „Entschuldigt bitte, aber wann haben wir beschlossen, dass wir Opas Werkstatt verkaufen?", frage ich sie in scharfem Ton. Verständnislos blicke ich von dem einen zum anderen. Keiner sagt etwas, niemand will mich ansehen, stattdessen bündeln sich ihre Blicke auf Anton.

„Kathi, das haben wir ja schon immer gesagt. Keiner von uns will dort wohnen und keiner hat das Geld, um die anderen auszubezahlen", fängt Anton in beruhigendem Tonfall an. „Ich mein', ich hab den Opa auch gern gehabt, aber mir bringt die Werkstatt nichts. Was mach' ich denn mit der? Der Opa hätt's so gewollt."

Ohne Fokus starre ich in das Licht der Schreibtischlampe. Ein vollgekritzelter Zettel liegt unter meinen Armen begraben, von wilden Strichen übersät – die stillen Zeugen meiner fruchtlosen Versuche den Großvater meiner Kindheit in einem Satz einzufangen. Wie auch kann ich das Bild seiner alten, von den Jahren gezeichneten Hände in Worte fassen? Seine alten Hände, die trotz Krankheit und Alter so sanft über das Holz streichen und jede noch so kleine Unebenheit spüren können. Das pulsierende Licht der untergehenden Sonne, deren flammende Strahlen zwischen den Balken des Dachstuhls die

Luft in Wärme tauchen und Großvaters dunkle Silhouette in einer hellen Umarmung einfassen. Der Geruch frisch gehobelten Holzes, das seidige Geräusch, mit dem seine Hände über die weiche Oberfläche fahren, das liebevolle Lächeln, mit dem sich seine Falten noch weiter vertiefen... Durch den Schleier meiner Kindheit sehe ich ihn vor mir, spüre die Wärme in meinem Herzen, das wohlige Gefühl von Sicherheit, den Klang seiner alten Stimme. Ich sehe es vor mir, ich kann mich an all das erinnern, doch mein Stift bleibt lahm. Er bewegt sich nicht, schafft es nicht, die Bilder in meinem Kopf zu Papier zu bringen, das Gefühl einzufangen.

Ich sehe auf, in die strahlenden Augen meines Großvaters. Dumpf kämpft sein Blick gegen das Glas des hölzernen Fotorahmens und bleibt darin hängen. Gefangen, blind, konserviert für die Ewigkeit. Ein leichtes Lächeln spielt um meine Lippen, als ich ihn so sehe und mir bewusst wird, dass mir niemand dieses Gefühl nehmen kann.

Entschlossen umklammern meine Finger den Stift, führen ihn über das Blatt und setzen sicher einen Buchstaben hinter den anderen, formulieren das letzte Versprechen, das ich dir geben will:

In tiefer Erinnerung.

Auch auf die Gefahr hin, dass dein Grabstein in der erdrückenden Vielzahl des immer gleichen Versprechens untergehen wird, so weiß ich guten Gewissens, dass sich darin so viel mehr verbirgt als der erste Treffer einer Google-Anfrage.

Claudia Wisiol

**wird gott größer
wenn jemand stirbt**

warum hört das leben auf
hat gott immer geburtstag
wenn jemand stirbt
und ist es der lauf
der zeit
dass man älter wird
und krank

sucht gott die eltern für die kinder aus
oder denkt er voraus
und macht kinder
zu elternfindern

und wenn ich sterbe
mama
was muss ich dann tun
was muss ich sagen
was muss ich wagen
um wieder bei dir zu sein

oder bin ich allein
wenn ich tot bin

ich will mit dem wind
mit dem alle sind
sein
will mit dem wind sein
und niemals allein
durch himmel und welten reisen

wer wird mich weisen
wer wird mir zeigen
wie leben
wie sterben
geht
alles weiter irgendwie
und vergesse ich dich nie
mama
sag
wenn nichts mehr ist
dass man dann auch nicht vergisst
wer man überhaupt gewesen ist

warum hört das leben auf

In Memoriam
Gerhard Jäger

AutorInnen und Werke in dieser Anthologie:

Bisherige Publikationen der pyjamaguerilleros*:

Nr. 22: *Cognac & Biskotten Talente Nr. 4–6. Anthologie.*
Mit Texten von 9 AutorInnen aus Tirol
2018: Innsbruck. ISBN-Nr. 978-3-9504143-2-5

Nr. 21: *Cognac & Biskotten Talente Nr. 1–3. Anthologie.*
Mit Texten von 9 AutorInnen aus Tirol
2016: Innsbruck. ISBN-Nr. 978-3-9504143-1-8

Nr. 20: *jahr des affen. Poesiealbum.*
???affe!!!
2016: Innsbruck. ISBN-Nr. 978-3-9504143-0-1

Nr. 19: *Sie wird dich holen. Mysteriös-düstere Kurzgeschichten.*
Christian Kössler
2015: Innsbruck. ISBN-Nr. 978-3-9503021-9-6

Nr. 18: *Provinzposse. Ein 24-stündiger Theatermarathon.*
Mit 5 Theaterstücken (von Christine Frei, Josef Maria
Krasanovsky, Thomas Schafferer, Helmuth Schönauer
und Nora Schüssler) und zugleich Dokumentation
der Ausgabe Nr. 36 des Tiroler Literaturmagazins
Cognac & Biskotten (Hrsg.) in Kooperation mit
Theater Melone
2014: Innsbruck. ISBN-Nr. 978-3-9503021-8-9

Nr. 17: *Nicht mal ein Fernzug. Ein Hypo-Roman.*
Wolfgang Nöckler
2014: Innsbruck. ISBN-Nr. 978-3-9503021-7-2

Nr. 16: *MundWerk - buchstäblich das Beste. Anthologie.* (Vergriffen)
Lene Morgenstern & Wolfgang Nöckler (Hrsg.)
2014: Innsbruck. ISBN-Nr. 978-3-9503021-6-5

Nr. 15: *ich leih mir kurz mal dein gesicht. Gedichte.*
Wolfgang Nöckler
2014: Innsbruck. ISBN-Nr. 978-3-9503021-5-8

Nr. 14: *Tiroler Sensenmann-Blues. Ein Hypo-Roman.*
Christian Kössler
2013: Innsbruck. ISBN-Nr. 978-3-9503021-4-1

Nr. 13: *hymne an die sinne. Poesiealbum.*
???affe!!!
2013: Innsbruck. ISBN-Nr. 978-3-9503021-3-4

Nr. 12: *Kommissar Prohaska: Geldstadt Innsbruck. Ein Hypo-Roman.*
Daniel Suckert, Vorwort: Inspektor Hermann Maier
2013: Innsbruck. ISBN-Nr. 978-3-9503021-2-7

Nr. 11: *Pitsch, Patsch, Putsch! Das Manifest von Budapest*
der Schreibmaschinen Egger, Furxer, Schafferer
2012: Innsbruck. ISBN-Nr. 978-3-9503021-1-0

Nr. 10: *Kommissar Prohaska: "Weltstadt" Innsbruck.*
10 humoristisch-skurrile Kurzgeschichten.
Daniel Suckert, Vorwort: Harald Haller / Schienentröster
2010: Innsbruck. ISBN-Nr. 978-3-9503021-0-3

Nr. 9: *Über das Fallen.* 41 Gedichte und 1 Fragment.
Andreas Brugger
2008: Innsbruck. ISBN-Nr. 978-3-9501923-9-1

Nr. 8: *Kaiserschmarrn.* 20 absurde Kurzgeschichten und -krimis.
Thomas Schafferer, Vorwort: Christian Kössler
2008: Innsbruck. ISBN-Nr. 978-3-9501923-8-4

Nr. 7: *Lyrik Rocks.* 2-3-4 rotzfreche Tracks.
Thomas Schafferer, Vorwort: Florian Pranger (Hrsg.)
2007: Innsbruck. ISBN-Nr. 978-3-9501923-7-7

Nr. 6: *Bestialisches Innsbruck.* 12 mysteriös, düstere Kurzgeschichten.
Christian Kössler, Vorwort: Florian Pranger (Hrsg.)
2007: Innsbruck. ISBN-Nr. 978-3-9501923-6-0

Nr. 5: *Female Lyrics,* Texte über Galtür, Hopfgarten i. Br.
und Galtür.
Barbara Aschenwald, Petra Maria Kraxner, Esther Strauß,
Vorwort: Barbara Hundegger
2006: Innsbruck. ISBN-Nr. 978-3-9501923-5-3

Nr. 4: *digitally remastered.* 227 Gedichte aus den Jahren 1992-2006.
Thomas Schafferer, Vorwort: Joachim Gatterer (Hrsg.)
2006: Innsbruck. ISBN-Nr. 978-3-9501923-4-6

Nr. 3: *Gott vs. Satan.* Die größten Flops (...) der Schreibmaschinen
Daniel Furxer und Thomas Schafferer
2003: Innsbruck. ISBN-Nr. 978-3-9501923-2-2

Nr. 2: 1. *Int. Upper-Ground-Festival.* Spectre vs. Cognac & Biskotten.
Anthologie
2003: Innsbruck. ISBN-Nr. 978-3-9501923-1-5

Nr. 1: *splitternackt.* 28 Gedichte.
Thomas Schafferer
2001: Innsbruck. ISBN-Nr. 978-3-9501923-0-8

Schreibt sie weiter, die Poesie der Erinnerung!

pyjamaguerilleros*
Schubkraft statt Schublade!